«PAROLE»

Collana «Parole»

Cleveland Amory, *Il gatto che venne per Natale*
Sue Townsend, *Fuori di zucca*
Sue Townsend, *Il diario segreto di Adrian Mole mitico adolescente incasinato di anni 13 e 3/4*
Paola Pascolini e Stefania Casini, *La prima volta di mia figlia*
Jonathan Snow, *Il regalo più bello*
Giovanni Arduino, *Il tempo di sognare*
Jonathan Snow, *La stella degli angeli*
Sergio Bambarén, *Il delfino*
Jonathan Snow, *Il piccolo angelo e il grande mago*
Sergio Bambarén, *L'onda perfetta*
Robert J. Petro e Therese A. Finch, *Una lettera d'oro*
Sergio Bambarén, *Vela bianca*
Jonathan Snow, *Un regalo dal cuore*
Neale Donald Walsch, *La Piccola Anima e il Sole*
Billy Mills e Nicholas Sparks, *Il bambino che imparò a colorare il buio*
Marc Parent, *La casa del coniglio bianco*
Sergio Bambarén, *Serena*
Anna Cerasoli, *I magnifici dieci*

SERGIO BAMBARÉN

# L'ONDA PERFETTA

Sperling & Kupfer Editori

Traduzione di Alessandra Padoan
*Beach of Dreams*


ISBN 88-200-2863-8
86-I-02

XIII EDIZIONE

Le illustrazioni di pagina 6, 12, 16, 29, 46, 59, 60, 67, 68, 82, 92, 101, 102 sono di Alessandra Scandella.

*A Olga,*
*ovunque tu sia*

«L'uomo felice non è colui
che gli altri credono tale,
ma colui che vede se stesso così.»

PUBLILIO SIRO, *Detti morali*

«Come c'insegna la natura,
la felicità dipende molto meno
dalle cose esteriori di quanto
i più credano.»

WILLIAM COWPER

# Prologo

NEL silenzio del mio ufficio, fissai l'uomo della foto sulla mia scrivania. Aveva in mano una conchiglia, che gli avevo regalato in segno della mia gratitudine. Non accadde nulla.

Chiusi gli occhi, tentando di entrare in contatto con lui, ricordando la magia che aveva disincagliato il mio cuore dalle secche dell'esistenza. Ancora nulla. Sembrava che l'incanto si fosse spezzato.«Mi manchi, Simon», mormorai. Una lacrima scivolò sulla mia guancia.

Bevvi un goccio di porto, lo stesso vino che aveva sempre ravvivato le nostre conversazioni sulla Spiaggia dei sogni. Così Simon chiamava quel magico angolo di mondo, dove si infrangeva l'onda perfetta.

Quanto avevo imparato da lui, lontano dal frastuono della città, nella solitudine del suo mondo segreto. Mi aveva preso per mano, accompagnandomi alla scoperta di me stesso, in un viaggio per ritrovare la felicità interiore.

Cominciò così la mia avventura, alla vigilia dei miei quarant'anni. Il giorno in cui le mie rughe cominciarono a spianarsi: sulla fronte, e sul cuore. Ma questo fa parte della storia...

# 1

*Se ti mostrassi un bicchiere colmo per metà, diresti che è mezzo pieno o mezzo vuoto?*

ERA mattina, e i primi raggi di sole tentavano di aprirsi un varco fra i grattacieli della città.

Mentre andavo al lavoro a piedi, ero tanto assorto nei miei pensieri da non accorgermi nemmeno del rumore palpitante della metropoli. La mia mente era già al consiglio di amministrazione che mi attendeva quella mattina alla Williams Amalgamated, la società finanziaria da me fondata quindici anni prima.

Normalmente per andare al lavoro passavo per i grandi viali del centrocittà, tentando di evitare l'assordante concerto di clacson dell'ora di punta. Questo, ne ero consapevole, era diventato un espediente per sfuggire alla realtà; una difesa, un modo per dichiarare a me stesso la mia estraneità rispetto a ciò che mi circondava.

Ma quel mattino mi fermai e guardai l'orologio. Ho ancora un quarto d'ora, pensai. Era troppo presto per andare al lavoro, così deviai per i giardini pubblici.

Il piccolo parco non lontano dal mio ufficio era la sola oasi verde rimasta in quella giungla di cemento. Assediato da edifici, avvelenato poco per volta dalle migliaia di automobili che ogni giorno transitavano lungo le vie circostanti, era un omaggio alla sopravvivenza, con i suoi fiori che caparbiamente si sforzavano di sbocciare, i suoi vecchi alberi che rifiutavano di arrendersi, aggrappati con le loro radici ai resti di quella che soltanto un centinaio di anni prima era stata una valle ridente. Se solo quegli alberi avessero potuto parlare...

Mi sedetti su una panchina del parco, a tre isolati dall'ufficio dove, negli ultimi quindici anni, avevo trascorso – giorno dopo giorno, settimana dopo settimana, mese dopo mese – le ore migliori della mia vita.

Ero ciò che la gente definisce una persona di successo, e avevo lavorato sodo fin da ragazzo per diventarlo. La mia giovinezza era stata esemplare: ottime amicizie, scuole private e università prestigiose, dove avevo conseguito la laurea con lode. I due attestati appesi alla parete nel mio ufficio ne erano la testimonianza.

Il giorno seguente avrei compiuto quarant'anni. Ci sarebbe stata una festa in ufficio, seguita da un breve incontro con gli amici dopo il lavoro per chiudere con i soliti tre o quattro drink.

Avevo lavorato sodo per tutta la mia vita, spronato dalla prospettiva di tutti i lussi che un giorno avrei potuto permettermi. E ora finalmente li avevo: una casa bellissima con vista sull'oceano, un'auto fuoriserie, e gente pronta ad ammirarmi e a invidiare la mia posizione e la mia sicurezza economica.

Ero all'apice della carriera, e tutto sembrava possibile. Il mondo era ai miei piedi.

Mi sentivo fiero dei traguardi che avevo raggiunto, con tutti i vantaggi che ne derivavano: avevo la libertà di comprare e fare ciò che più mi piaceva... eppure, nella mia vita c'era qualcosa che non andava, e pensavo di sapere che cosa fosse. In tutto quel correre da una riunione all'altra, cercando di concludere un affare dopo l'altro, volando di città in città, dormendo in così tanti alberghi che talvolta, svegliandomi al mattino, non riuscivo a ricordare dove mi trovassi, qualcosa era andato perduto. E ora mi rendevo conto di che cosa si trattasse.

Avevo smarrito la mia felicità.

Ricordavo con nostalgia la gioia spensierata di quando, da ragazzo, passavo giornate intere sulla spiaggia cavalcando le onde, guardando i gabbiani librarsi alti nel cielo, il sole tuffarsi nel mare al tramonto, e le agili, aggraziate acrobazie dei delfini che giocavano con l'oceano. Adesso quella capacità di godere delle cose semplici della vita sembrava scomparsa. Sebbene possedessi tutto ciò che volevo a questo mondo, in realtà non avevo un bel niente.

«Se ti mostrassi un bicchiere colmo per metà, diresti che è mezzo pieno o mezzo vuoto?»

«Prego?» dissi sorpreso.

«A volte mi domando come sarebbe il mondo se tutti riuscissero a vedere il proprio bicchiere mezzo pieno.»

Queste furono le sue prime parole, e mi disorientarono.

Lo sconosciuto mi sorrise in modo strano, come non avevo mai visto nessuno fare prima. E per un istante, un pensiero altrettanto bizzarro mi attraversò la mente: Lui ha la risposta a quello che sto cercando. Durò soltanto una frazione di secondo.

«Questa poi... ci conosciamo?» gli chiesi.

«Penso di sì.»

Impossibile, mi dissi. Quell'uomo aveva tutta l'aria di essere un mendicante, con la barba lunga, i capelli incolti e i vestiti logori. Non vedevo come avrei potuto conoscerlo. Eppure, per qualche ragione, mi ricordava qualcuno, anche se non avrei saputo dire chi.

«Comunque, mi chiamo Simon», aggiunse. «E tu, amico?»

«Williams. John Williams.»

«È un piacere incontrarti John Williams in questa bella giornata di sole.»

Sei impazzito? mi rimproverai mentalmente. Che cosa ci fai qui in mezzo al parco a parlare con questo mendicante? Adesso conosce il tuo nome, e non si può mai sapere che intenzioni abbia...

«Devi avere sbagliato persona», tagliai corto. Presi un biglietto da cinque dollari dal portafoglio e glielo porsi. «Tieni, comprati qualcosa di caldo.»

«No, grazie, mister. Conservalo per quando ci incontreremo alla Spiaggia dei sogni.»

«Se non lo vuoi...»

«Ti ripeto: conservalo per quando ci incontreremo alla Spiaggia dei sogni», ripeté lui.

«Be', come preferisci», borbottai, riponendo il denaro nel portafoglio.

Mi alzai e me ne andai. Poi, a un tratto, mi misi a correre. Corsi più forte di quanto non avessi mai fatto in vita mia. Lo strano malessere che mi aveva assalito già altre volte da quando avevo perso la mia strada nel mondo si insinuò di nuovo nella mia mente, e una voce dentro di me chiese: Da che cosa stai scappando, John Williams?

# 2

*Ciò che va bene per me non necessariamente deve andare bene per tutti...*

NON ricordo come arrivai all'ufficio quel mattino. So solo che mi ritrovai seduto alla mia scrivania a giocherellare con la mia penna preferita, rigirandomela tra le dita.

«Signor Williams? Signor Williams, va tutto bene?»

Tornai di colpo sulla terra.

«Oh... sì, certo. Mi scusi, Sarah. Mi ero distratto un attimo.» Misi a fuoco la donna di fronte a me: Sarah, la mia fedele segretaria, la stessa che avevo assunto quando la Williams Amalgamated muoveva i primi passi nel mondo della finanza. Da allora era sempre rimasta al mio fianco, tanto nelle difficoltà quanto nei successi.

«È tutto a posto, signor Williams? Sembrava che fosse da un'altra parte, e aveva un'espressione così triste...»

«Sarah, ha mai sentito parlare di un posto

lungo la costa chiamato la Spiaggia dei sogni?»

«Hmm... direi proprio di no, signore. Lei lo conosce?»

«Non so. Qualcuno mi ha accennato a questa spiaggia, e non so perché, ma il nome non mi suona nuovo.»

«Mai sentito di una spiaggia chiamata così, signore. Non da queste parti, almeno.»

«Non importa, Sarah. Grazie lo stesso. Torniamo a noi: mi stava dicendo?»

La giornata in ufficio trascorse come al solito, tenendomi la mente occupata in quello che nel mondo degli affari sono definite questioni importanti: discutendo la possibilità di nuovi investimenti ed esaminando joint-venture a cui partecipare. Il consiglio di amministrazione si riunì e si sciolse, seguito dall'incontro con i dirigenti, solo che quest'ultimo durò più a lungo del consueto.

Ormai erano le nove di sera, ed ero sfinito. Un altro giorno sprecato, mi dissi. Deve pur esserci qualcos'altro.

All'improvviso, mi ricordai del mendicante: Se ti mostrassi un bicchiere colmo per metà, diresti che è mezzo pieno o mezzo vuoto?

La mia vita sembra un bicchiere mezzo vuoto, pensai. Presi la giacca e mi avviai alla porta dell'ufficio.

«È stata una giornata faticosa, signor Williams. Buonanotte.»

«Buonanotte, Sarah. A domani. Mi raccomando, non dimentichi di chiudere a chiave l'ufficio.»

Feci per uscire, ma mi soffermai ancora un momento.

«Sarah?»

«Sì, signor Williams?»

«Lei pensa che valga veramente la pena di lavorare dieci o dodici ore al giorno, tutti i santi giorni, un anno dopo l'altro? O è soltanto che ormai ci siamo abituati, ed è l'unica cosa che siamo ormai capaci di fare?»

«Lei oggi fa delle strane domande, signor Williams.»

«No, dico sul serio, Sarah. Lei preferirebbe fare qualcos'altro piuttosto che stare qui a sbrigare pratiche tutti i santi giorni?»

La donna mi guardò con l'espressione affabile e materna di sempre: «Signor Williams, lavoro per lei ormai da quindici anni, e penso di conoscerla abbastanza bene. Ho visto le sue energie consumarsi con il passare degli anni, ma ho visto anche tutti i magnifici risultati che lei ha ottenuto e il rispetto che la gente nutre nei suoi confronti. Se ne sia valsa la pena, penso che soltanto lei possa stabilirlo, signor Williams».

Tacque qualche istante, pensierosa, poi continuò.

«Mi chiede se preferirei essere da qualche altra parte? No, non credo. Nel complesso, sono soddisfatta della mia vita. Come tutti, ho avuto alti e bassi, momenti belli e momenti brutti, ma se mi guardo indietro, non rimpiango le scelte che ho fatto. E sono contenta di lavorare per lei, signor Williams. Per certi versi, lei mi ricorda qualcuno a cui sono molto affezionata. Ma non dimentichi che ciò che va bene per me non necessariamente deve andare bene per tutti. Non le pare?»

Guardai fuori dalla finestra, cercando una risposta.

«Non so, Sarah. Non sono più sicuro di niente.»

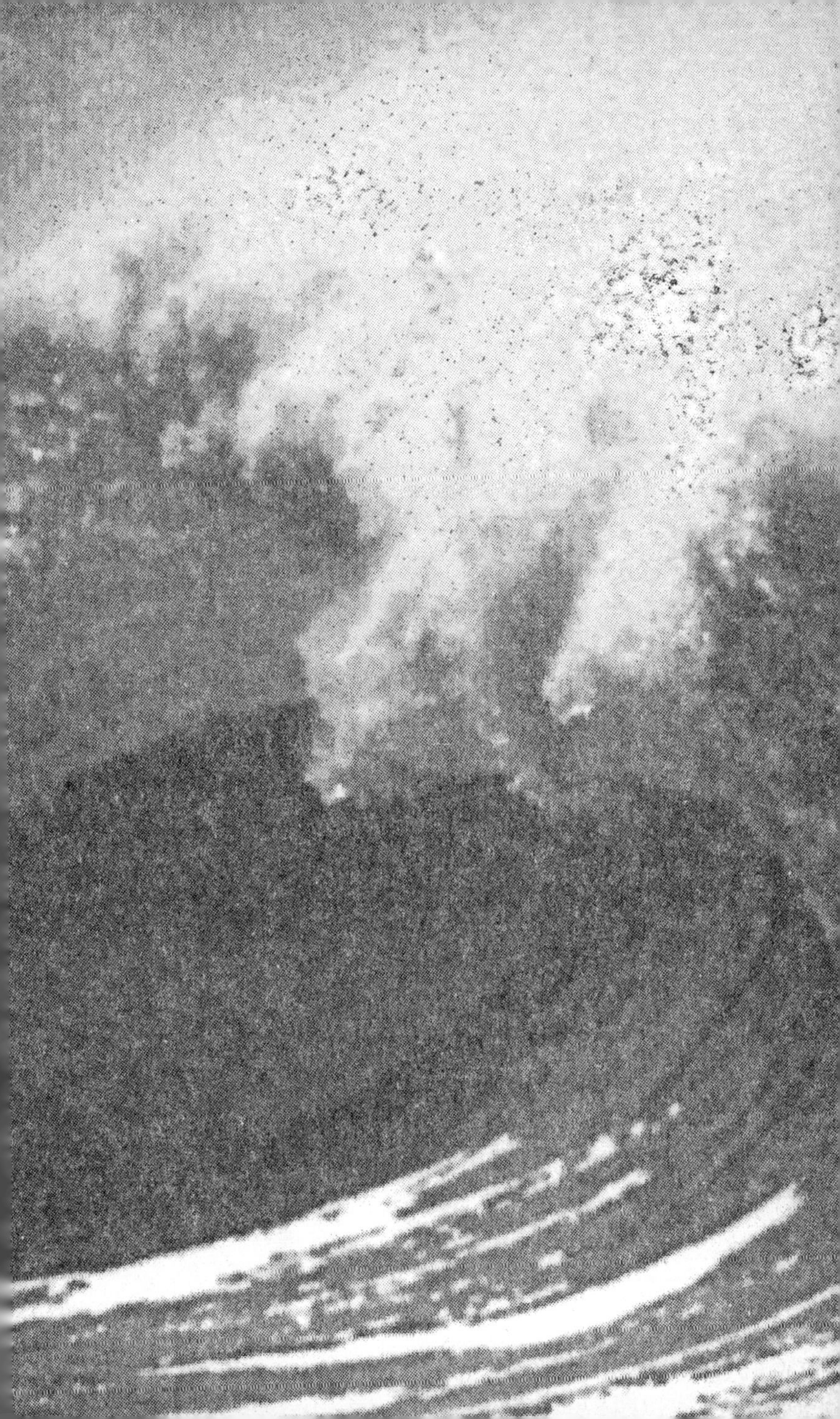

# 3

*Il futuro sembra sempre lontano,*
*ma avanza rapidamente: occorre prendersi*
*il tempo per vivere, per essere felici,*
*prima che sia troppo tardi.*

SE c'era un posto al mondo dove potevo pensare serenamente, lasciandomi tutti i problemi alle spalle, quello era la Baia.

Così chiamavo affettuosamente la spiaggia su cui si affacciava la terrazza della mia casa: una lunga striscia di sabbia, racchiusa fra due scogliere che la separavano dal resto del litorale. La Baia aveva la forma di una falce di luna, un sorriso meraviglioso della Madre terra all'oceano.

Ogni volta che mi era possibile, e ultimamente era capitato di rado, nel tardo pomeriggio scendevo in spiaggia e la percorrevo tutta, avanti e indietro. Amavo respirare l'aria salmastra, carica di fragranze marine e ascoltare il fragore delle onde che mi sussurrava all'orecchio la canzone del mare.

Quel pomeriggio, mentre lasciavo vagare lo

sguardo lungo l'orizzonte, vidi due gabbiani planare in lontananza e un pensiero mi attraversò la mente: A volte mi piacerebbe proprio essere come loro. Sembra che sappiano ciò che stanno facendo, che le loro azioni abbiano un significato. Basta guardarli volare per capire che sono esattamente ciò che erano chiamati a essere. Come vorrei che fosse così anche per me!

«Che splendido pomeriggio, vero?» disse una voce. «Sono lieto che John Williams abbia trovato il tempo di godersi lo spettacolo meraviglioso del sole sul mare.»

Non potevo crederci.

«Simon?»

«Mi fa piacere che ti ricordi di me, amico. Ero un po' preoccupato per te. Dopo quel pomeriggio al parco, ho pensato...»

«Che ci fa uno come te quaggiù?» chiesi indispettito.

«Mi godo il momento, proprio come te.»

Adesso sa anche dove abito, pensai.

«Non ti ho mai visto su questa spiaggia prima d'ora», gli dissi. «Come mai giri da queste parti?»

«Io abito qui vicino», rispose calmo Simon.

Impossibile, vestito a quel modo. Decisi di giocare d'astuzia con questo bizzarro individuo.

«La mia casa è a cinque isolati da qui, Simon. E la tua?»

«Te l'ho già detto, amico. La mia casa è sulla Spiaggia dei sogni. Non è grande, ma per me va benissimo.»

«'Spiaggia dei sogni' sarebbe l'indirizzo?» indagai.

«È un luogo. Un luogo che anche tu conosci, amico,è il luogo dell'onda perfetta. Purtroppo», aggiunse con uno sguardo velato di tristezza, «sembra che non te ne ricordi più.»

«Parliamoci chiaro: a che gioco stai giocando, Simon? Che cosa vuoi veramente da me? Denaro, un lavoro, che altro?»

La sua espressione cambiò di nuovo: adesso sorrideva.

«Voglio soltanto vederti felice, John Williams. Nient'altro.»

«Be', se vuoi che sia felice, lasciami in pace, per favore. Non voglio più parlarti né incontrarti di nuovo sulla mia strada.» Detto questo, gli voltai le spalle e mi avviai verso casa. Mentre mi allontanavo, la sua voce mi seguì: «Dovresti averlo già scoperto da solo, John Williams, che il futuro sembra sempre lontano, ma avanza rapidamente: occorre prendersi il tempo per vivere, per essere felici, prima che sia troppo tardi».

Fu allora che mi misi a correre a perdifiato, cercando di allontanarmi da quell'uomo, ma in prossimità della mia casa, un pensiero mi attraversò la mente come un fulmine.

Stavo scappando da Simon, o stavo scappando dalla verità?

# 4

*Il tuo cuore è un gabbiano*
*che vola libero nei cieli della vita.*
*Lascialo andare senza paura,*
*ti saprà condurre alla felicità.*

Un pomeriggio stavo camminando a piedi nudi lungo la Baia, lasciando che le mie piante affondassero nella sabbia umida.

Passeggiavo come facevo sempre, cercando di sgombrarmi la mente dalle preoccupazioni e di abbandonarmi alla brezza marina, lontano dal rumore e dal traffico che inquinavano il mio mondo di uomo d'affari.

All'improvviso, qualcosa attirò la mia attenzione.

Di fronte a me, a poca distanza, incombeva una scogliera che non mi sembrava di riconoscere. Era diversa da quella che divideva la Baia dal resto del litorale. Non posso aver camminato tanto in fretta, mi dissi. Normalmente mi ci voleva una mezz'ora per andare da casa mia alla scogliera a sud, ed ero certo di aver camminato non più di cinque minuti. Forse il caldo mi stava giocando un brutto scherzo. Mi rassicurai pensando che doveva trattarsi della stessa scogliera di sempre, vista un'infinità di volte, e che probabilmente ero stato talmente assorto nei miei pensieri da perdere la cognizione del tempo.

Ma più mi avvicinavo, meno quella distesa di pietra mi appariva familiare.

È una scogliera piuttosto bassa, pensai. In realtà, non volevo lasciare la questione in sospeso. Altro che arrendersi all'evidenza: dovevo vedere che cosa c'era dall'altra parte.

Cominciai ad arrampicarmi sugli scogli. C'era qualcosa di strano, qualcosa che sfuggiva alla logica. Sentii il mio cuore battere all'impazzata, e l'adrenalina entrare in circolo. Finalmente arrivai in cima.

Non riuscivo a credere ai miei occhi.

Davanti a me si stagliava una verde collina, a un centinaio di metri dal dirupo. Un mare d'erba declinava dolcemente fino alla spiaggia, dove la sabbia più bianca che avessi mai visto si fondeva nell'abbraccio con l'oceano color dello smeraldo.

«Benvenuto, John Williams, sulla mia Spiaggia dei sogni», mi disse Simon, con quel sorriso che ormai conoscevo bene.

Per un momento pensai che fosse un'allucinazione. Là, nel bel mezzo di quel paradiso,

Simon se ne stava seduto fuori di una baracca minuscola e cadente.

«Simon?»

«In persona. Coraggio, vieni a sederti accanto me.»

Accettai l'invito. Solo pochi minuti prima stavo passeggiando al sicuro nella Baia, e ora non avevo idea di dove mi trovassi.

«Dove siamo, Simon?» domandai tremante.

«Direi che siamo su una bellissima spiaggia circondata da colline erbose», replicò.

«No, Simon, non è questo che intendo. Voglio dire, non avevo mai visto questa spiaggia prima d'ora. Stavo camminando come al solito lungo la Baia, e all'improvviso mi sono trovato davanti a una scogliera sconosciuta. E adesso, sono finito su questa spiaggia dove non ero mai stato prima e...»

«È qui che ti sbagli, amico», Simon mi interruppe in tono paziente. «Sei già stato su questa spiaggia, solo che è passato così tanto tempo dall'ultima volta che non riesci più a ricordartene. Ma non ti preoccupare, vedrai che alla fine ti tornerà la memoria.»

Il suo sguardo intenso si posò su di me.

«Se hai scalato quella scogliera per vedere che cosa c'era dall'altra parte, sono certo che saprai anche ricordare.»

Mi sentivo più confuso che mai.

«Tutto questo non è divertente, Simon. è

evidente che possiedi doti fuori del comune. Ti ho osservato al parco. Ho visto come gli uccelli ti si fanno intorno, come i bambini si avvicinano a te volentieri e ti sorridono. Ma questo è troppo. Ho avuto una giornata tremenda in ufficio e...»

«Sei stato sul punto di mollare tutto, non è così? Hai pensato che quello che stavi facendo non aveva alcun significato e che sarebbe necessario un cambiamento radicale nel tuo modo di affrontare la vita, vero?»

«Come fai a saperlo? È un altro dei tuoi trucchi?»

«Nessun trucco, ti assicuro. Si dà il caso che a un certo punto della mia vita io abbia provato quello che tu stai provando oggi. Stavo attraversando una crisi esistenziale, e non riuscivo a trovare una via di uscita. So come ci si sente, amico. Ci sono passato anch'io.»

«E che cosa ci fai qui, allora?»

«Bene, sembra proprio che siamo al principio di una conversazione molto interessante, immersi nella pace e nell'incanto di questa spiaggia. Ti prego, mettiti comodo per gustare un buon bicchiere di porto, invecchiato al punto giusto.»

Mi porse un bicchiere di vino di un rosso vellutato. Lo bevvi tutto d'un fiato e mi sentii subito meglio.

«Vacci piano, Williams!» mi ammonì ridendo. «Questo porto è noto per aver steso più di un buon bevitore. E non vorrai rischiare di perderti fra poco un meraviglioso tramonto, giusto?»

«Tramonto?» Diedi un'occhiata al mio orologio. Erano le quattro.

«Ma che stai dicendo, Simon? Il sole tramonterà solo fra un paio d'ore e...»

Non riuscii a terminare la frase. Ero rimasto a bocca aperta a guardare l'orizzonte dove il sole stava per tuffarsi nel mare, tingendo il cielo con spettacolari pennellate di rosa, oro e rosso.

«Un altro trucco: è questo quello che pensi?» Simon mi guardò serio e disse: «John Williams, oggi hai fatto il passo più difficile che una persona possa fare».

«Sarebbe a dire?»

«Hai compreso che non troverai la felicità nella direzione in cui stai andando, non importa quanti ottimi affari tu concluda, quanti milioni di dollari tu possa guadagnare, o quanta gente ti rispetti. Alla fine, è solo al tuo cuore che devi rendere conto di ciò che hai realizzato. È questo l'unico bilancio che conta.»

Scrutò in fondo ai miei occhi.

«Non aver paura, amico. Non hai niente da dimostrare, perché tu sai chi sei.»

«Che cosa intendi con questo, Simon?»

«Che tutte le cose che hai comprato per tentare di riempire i tuoi giorni, alla fine non potranno darti altro che un falso senso di sicurezza.»

Facevo fatica a seguire il discorso di Simon. Tentai di metterlo alle strette.

«Ma le persone vogliono avere cose belle, Simon. Per un essere umano è normale cercare di migliorare la propria condizione.»

«Non c'è niente di sbagliato in questo», replicò lui. «Solo, bisogna rendersi conto che non tutte le cose che si vogliono sono necessariamente quelle di cui si ha bisogno.» E sottolineò la riflessione con una lunga sorsata di porto.

«Ci siamo messi talmente sotto pressione per raggiungere il successo che abbiamo trasformato la felicità in una delle tante cose che dobbiamo possedere. Così la rincorriamo, confondendola con la ricchezza e il prestigio, senza renderci conto che chi ha già conquistato entrambe non è detto che sia felice.

«Nel corso degli anni, mio caro Williams, ho visto molte persone commettere il medesimo errore: 'Quando avrò questo mi fermerò', dicono. 'Quando avrò quello potrò tirare i remi in barca.' 'Questo è davvero tutto ciò che voglio.' Ma appena hanno raggiunto il loro obiettivo vedono qualcos'altro che scatena nuove bramosie. Ogni volta che arrivano in cima a una montagna, ecco che si para loro innanzi un'altra, più alta, più verde, e vogliono dare la scalata anche a quella. Questa sete incontenibile si chiama avidità, amico. Non ci si accontenta mai. E quando all'improvviso ci si accorge di ciò che si è fatto della propria vita, di solito è troppo tardi per correre dietro a quello che si vuole realmente.

«Ricorda che si vive una volta soltanto.» Simon tacque per un momento, poi proseguì.

«Devi imparare a fare distinzione fra le cose che t'aiuteranno ad arricchire la tua vita e quelle che invece ti daranno soltanto un momentaneo appagamento, perché presto o tardi scoprirai che il prezzo che hai dovuto pagare per i tuoi status-symbol è stato di gran lunga superiore alla felicità che essi hanno saputo darti.»

Di colpo l'espressione di Simon mutò. Sorrise e disse: «Il tuo cuore è un gabbiano che vola libero nei cieli della vita. Lascialo andare senza paura, ti saprà condurre alla felicità».

«Ma come posso fare questo?»

«Io ho un metodo molto semplice che funziona sempre. Scegliti un posto tranquillo che ti piace davvero e prima di decidere un nuovo acquisto, vai lì e chiediti che cosa ne farai. L'idea di avere quella cosa ti viene dal cuore, o è solo un bisogno creato dal marketing? Saresti più felice se l'avessi, o servirebbe solo a colmare temporaneamente il vuoto del tuo cuore? La parola chiave qui è felicità.»

«Per te è facile a dirsi», ribattei stizzito. «Tu probabilmente hai sempre vissuto in catapecchie, e non hai i mezzi per vivere meglio.»

«Senti, senti... Hai la mano troppo pesante nel giudicare qualcuno appena incontrato. Guardati intorno. Che cosa vedi?»

Detti una rapida occhiata a ciò che mi circondava, cercando di indovinare quale risposta si aspettasse da me.

«Vedo una baracca in mezzo a una spiaggia deserta.»

«Molto bene, John Williams. Ora, se non ti dispiace, guarda di nuovo.»

«Vedo ancora una spiaggia deserta con una baracca al centro», dissi spazientito.

Simon mi guardò e sorrise. «Lo sai che cosa vedo io, amico?»

«No. Che cosa vedi? Sentiamo.»

«Una spiaggia piena di sogni con un posto dove riposare la notte. È quel che ho sempre cercato, fin da quando ero bambino. Un luogo dove sentirmi in armonia con la mia vera essenza. Per molto tempo ho perduto la mia strada, ma poi ho trovato questo luogo, e credimi, da allora non mi sono più voltato indietro. Qui ho ritrovato me stesso. Ho ricominciato a essere felice.»

«Ma come fai a vivere, come...»

«Ho una piccola rendita, sufficiente alle mie necessità. Potrà sembrare illogico, ma ogni volta che ti sbarazzi di qualcosa che non ti occorre, si apre uno spazio nella tua mente che può essere occupato da un pensiero. Una delle ragioni per cui gli uomini talvolta si smarriscono nel mondo è che passano troppo tempo a preoccuparsi di custodire tutti i beni materiali che accumulano intorno a loro. Se non ne hai, signor Williams, non devi preoccupartene, e questo ti dà tempo. Tempo per pensare alle cose veramente importanti nella vita. Tempo per essere felice, tempo per dare il giusto valore a te stesso e alla tua esistenza.»

«Simon, questi discorsi sono pura utopia. Il mondo non funziona così. Bisogna combattere per ottenere quello che si vuole. A volte là fuori è una vera giungla. C'è competizione, invidia, avidità.»

Simon fissò l'oceano con sguardo assente, come se stesse ricordando qualcosa.

«Un tempo la pensavo anch'io così, amico. Finché un giorno ho capito di avere un'alternativa. Potevo continuare ad affannarmi per mantenere la mia posizione nella giungla di cui tu parli, oppure potevo lasciar perdere.»

Rimase in silenzio per un momento, riflettendo.

«In genere, ci viene detto che nella vita abbiamo una scelta tra due sole strade: lottare con tutte le nostre forze per arrivare in cima e avere successo, o unirci all'esercito dei perdenti di questo mondo, dei 'nessuno'.»

Simon fece una pausa, con lo sguardo perso all'orizzonte che andava oscurandosi.

«Esiste una terza via, amico. Puoi farti da parte e cominciare a essere la persona che vuoi essere. Non sei obbligato a fare il loro gioco. Sono gli altri che hanno bisogno di te, non tu di loro.»

Le parole di Simon mi spiazzarono. Avrei potuto discutere con lui, fornirgli dieci esempi per convincerlo che si sbagliava, ma mi sembrava fuori luogo. Quella non era una riunione aziendale in cui far valere la propria opinione e sollevare le dovute obiezioni. Non c'erano ordini del giorno da dibattere, né mozioni da mettere ai voti.

Quel Simon, come diceva di chiamarsi, viveva in modo coerente al suo credo, e questo mi metteva alquanto a disagio, perché in cuor mio sapevo che, in mezzo a quell'incantevole spiaggia, con una baracca per casa e senza altri beni materiali che una bottiglia di porto invecchiato ad arte, era colmo di felicità.

«È davvero così semplice, Simon? Voglio dire, essere felici, in pace con se stessi?»

«Non è facile, ma chiunque può riuscirci. Devi solo essere sicuro che lo fai per la ragione giusta: per te stesso.»

Quella notte parlammo di molte cose, ed ebbi modo di rendermi conto che il mendicante che avevo mal giudicato era in realtà un uomo molto saggio e gentile che viveva secondo i propri principi.

Era passato molto tempo dall'ultima volta che avevo parlato seriamente con qualcuno senza discutere di lavoro. La conversazione con Simon toccò punti vitali. Ci interrogammo su chi siamo e ci inoltrammo in considerazioni sulla complessità della vita, con i problemi che essa comporta, le sue sfide, le sue speranze. E solo il chiarore dell'alba mi distolse da quei sublimi momenti di illuminazione.

«Devo andare al lavoro, Simon. Non vorrei, ma devo. Lo staff mi aspetta per una riunione.»

«Lo so. Grazie per essere venuto. Spero di rivederti presto.»

«Sicuramente, Simon. Questa notte insonne è stata molto più riposante di tutte quelle in cui ho dovuto prendere pillole per dormire. Mi sento rinato!»

«Bene. Ne sono molto contento.»

«Tornerò a trovarti, Simon.»

«Arrivederci, allora.»

Feci per andarmene, ma esitai.

«Simon?»

«Sì, amico?»

«Per i cinque dollari che ti ho offerto al parco... mi dispiace. Ti ho giudicato ingiustamente, non succederà più.»

«Non importa. Tu non immagini quali epiteti la gente mi abbia indirizzato, solo a causa del mio aspetto. Ma non me ne preoccupo: è una delle cose da mettere in conto, quando si va controcorrente.»

«Grazie di tutto, Simon.»

«Figurati: sono io che devo ringraziare te, mio caro John Williams.»

Mi incamminai verso la scogliera senza voltarmi indietro, ma sentii la sua voce parlarmi dentro: Il tuo cuore è un gabbiano che vola libero nei cieli della vita. Lascialo andare senza paura, ti saprà condurre alla felicità.

# 5

*La felicità, come la purezza interiore,*
*non ha prezzo,*
*ma una sola casa: il tuo cuore.*

«SIGNOR Williams!» esclamò Sarah vedendomi arrivare. «Ma che cosa le è successo?»

«Si spieghi meglio, Sarah», dissi alla mia segretaria, senza capire che cosa avesse suscitato il suo stupore.

«È stato in uno di quei saloni di bellezza per uomini?»

«Perché mai?»

«Le sue rughe, signor Williams. Sono... scomparse.» Sarah mi fissava incredula. «Saranno dieci anni che le vedo rughe intorno agli occhi... e adesso, improvvisamente, sono sparite!»

«Sarah, mettiamo subito in chiaro una cosa: non sono stato in nessun salone di bellezza. E le dirò di più: non sono nemmeno andato dal barbiere. Se ho un aspetto più disteso, probabilmente è perché sto imparando a controllare lo stress e ad affrontare meglio i miei problemi.»

«Qualunque rimedio sia, signor Williams, vada avanti!»

La vidi sfoderare il suo bel sorriso, come quello di una madre orgogliosa del proprio figlio. «Grazie, Sarah», le dissi. «Ora potrebbe portarmi la posta, per favore?»

Per tutta la mattinata lavorai con gioia, senza avvertire il peso della costrizione. Per la prima volta dopo mesi, svolsi i miei vari impegni e partecipai alle riunioni sentendomi motivato a farlo. Il mio lavoro stava ricominciando ad avere un senso.

Ma non era ancora sufficiente: la mia vita non poteva ridursi al solo lavoro.

C'era un giovane dirigente della società, che tenevo d'occhio già da qualche tempo. Ross Macalister ricopriva quella carica che io conoscevo ormai alla perfezione. Era il tipico giovane pieno di sogni e di ambizioni che cercava di essere qualcuno in un mondo dove il denaro e il prestigio possono comprare un nome e il rispetto degli altri.

Ma quel Ross Macalister era differente. Avevo visto in lui una virtù quasi inesistente nel mondo degli affari: era leale. Per quanto potesse essere ambizioso, non era uno dei tanti squali della finanza, non lo vedevo capace di usare la menzogna o il raggiro per raggiungere i suoi scopi.

Premetti un tasto dell'interfono.

«Sarah?»

«Sì, signor Williams?»

«Potrebbe per cortesia chiedere al signor Macalister di venire nel mio ufficio?»

«Subito, signor Williams.»

Spensi l'interfono, mi alzai e ne approfittai per versarmi una tazza di caffè.

Poco dopo sentii bussare alla porta.

«Avanti», dissi.

«Voleva vedermi, signor Williams?»

«Sì, Ross. La prego, si accomodi: gradisce un caffè?»

«No, grazie, signor Williams.»

Andai dritto al punto.

«Ross, come lei sa, questo pomeriggio si riunirà il consiglio di amministrazione.»

«Sì, signore, lo so bene.»

«E sa anche che verranno discusse alcune questioni importanti riguardo alla direzione che questa società dovrà prendere in futuro.»

«Certo, signore. Ho preparato tutti i dossier necessari, come mi aveva chiesto.»

«Molto bene, Ross, perché voglio che lei mi sostituisca alla riunione.»

Per poco non cadde dalla sedia.

«Come ha detto, signore?»

«Ha capito benissimo, Ross. Io mi prenderò il pomeriggio libero. Ci sono alcune questioni urgenti di cui devo occuparmi, e credo che lei sia la persona più adatta per presiedere questa riunione. Conosce questa società quasi quanto me, e so che le sta a cuore come se fosse sua. Le telefonerò nel tardo pomeriggio per sapere come sono andate le cose.»

Mi alzai, concludendo il colloquio. «Grazie per essere venuto, Ross.»

«Grazie a lei, signor Williams. Le farò un resoconto dettagliato.»

«Ne sono certo, Ross.»

Il giovane dirigente uscì trasognato dal mio ufficio e si chiuse piano la porta dietro le spalle.

«Sarah?» dissi nuovamente all'interfono.

«Sì, signor Williams?»

«Per cortesia, informi i membri del consiglio che la riunione di oggi sarà presieduta da Ross Macalister.»

«E... lei, signore?»

«Mi prendo il pomeriggio libero. Ho alcune faccende da sistemare. Intendo concedermi un po' di tempo per... vivere.»

Era pomeriggio inoltrato quando uscii per fare una passeggiata.

Avevo già parlato con Ross Macalister e, come avevo previsto, la riunione si era svolta senza intoppi

Quel giovanotto ha quel che ci vuole, pensai. Spensi le luci, chiusi la porta di casa e mi incamminai verso la spiaggia.

Un'altra splendida serata, mi dissi. Come avevo potuto essere tanto occupato da rinunciare a serate come quella?

Avevo voglia di rivedere Simon. Ero riandato a lui con il pensiero per tutto il giorno: stavano riaffiorando alla mia coscienza ricordi del passato, seppelliti in qualche angolo della mia memoria. C'erano talmente tante cose di cui avrei voluto parlare con lui, tante domande da fargli!

Continuai a camminare, ma non c'era traccia di quel luogo magico in cui ero capitato l'altra volta. Come posso mettermi in contatto con te, Simon?

Ci pensai su, e a un tratto ebbi un'illuminazione.

«Il tuo cuore è un gabbiano che vola libero nei cieli della vita», aveva detto Simon. «Lascialo andare senza paura, ti saprà condurre alla felicità.»

In un istante compresi. Dovevo tornare a credere. Dovevo essere consapevole che la magia esiste.

Alzai gli occhi e sorrisi.

La stessa scogliera che la prima volta mi era

sembrata così estranea e sconcertante era lì davanti a me, e mi invitava ad arrampicarmi.

«John Williams! Come sono contento di rivederti.»

«Anch'io, Simon. Tu non sai quanto.»

I miei occhi si posarono su di lui. Quell'uomo aveva qualcosa di speciale, e stargli accanto mi faceva sentire bene. Sapeva dove stava andando. Lui aveva uno scopo nella vita, e lo percepivo.

«Che cosa ti porta qui in questa bella serata, amico?»

«Oh, niente di speciale. Mi sono preso un pomeriggio di libertà e mi è venuta voglia di una chiacchierata con te, magari accompagnata da un buon bicchiere di porto.»

«Allora sei finito proprio nel posto giusto», disse lui. «Vado prendere l'occorrente.»

Entrò nella baracca e poco dopo tornò con due bicchieri di porto di un rosso vellutato. Me ne porse uno e sollevò il suo in un brindisi.

«All'inizio della tua nuova vita, John Williams», disse.

«Alla felicità», replicai.

Quella notte bevemmo come solo due vecchi amici sanno fare, conversando di argomenti di cui non avevo più parlato da quando ero giovane. Simon parlò di miracoli e di come accadano in continuazione, di sogni e speranze che possono essere facilmente dimenticati. Di come possiamo smarrirci nel mondo senza nemmeno accorgercene, e di come le esperienze possano cambiare per sempre l'esistenza.

«Adesso che ne parli, Simon, ricordo due momenti della mia vita che considero fatidici nella perdita del linguaggio della felicità. Probabilmente ti metterai a ridere, ma io te li racconto lo stesso: ecco il primo.»

«Nessuno dovrebbe mai ridere di qualcosa che ha segnato un altro cuore.»

«Be', Simon, il primo episodio che ha cambiato per sempre la mia vita è stato il giorno in cui ho scoperto che Babbo Natale non esiste. Quando ero bambino passavo ore e ore cercando di vedere Babbo Natale calarsi giù dal camino di casa mia, ma finivo sempre per addormentarmi e al mattino dopo trovavo i miei regali sotto l'albero. Poi una vigilia di Natale, all'insaputa dei miei genitori, bevvi tre tazze di caffè nero. Non riuscii a chiudere occhio per tre notti di fila. Ero andato a letto come al solito ed ero rimasto lì zitto e buono per un po', in modo che i miei credessero che stessi dormendo. Quando udii dei rumori al piano di sotto, scesi le scale in punta di piedi, pensando che finalmente avrei sorpreso Babbo Natale, e invece vidi mio padre sistemare i doni per me e mio fratello sotto l'albero. Quella vista mi straziò il cuore. Se non esisteva Babbo Natale, chissà quante altre cose potevano essere delle invenzioni degli adulti.»

«Dev'essere stato molto doloroso per te. Sento che il ricordo riesce ancora a rattristarti.»

«Già», ammisi con le lacrime agli occhi. «Per me fu un duro colpo. All'improvviso il mio mondo cominciò a sgretolarsi. Persi interesse per le cose che non potevo vedere, toccare con mano. Mi ripromisi che non avrei mai più permesso a nessuno di indurmi a credere storie non vere.»

«E qual è stato il secondo momento?»

«Il giorno in cui mia madre lasciò questo mondo. Avevo letto tutte quelle storie di persone morte in incidenti automobilistici, in sparatorie, in guerra o semplicemente in ospedale. Ricordavo anche vagamente il funerale di mio nonno, ma non mi ero mai avvicinato tanto alla morte. Con mia madre fu differente. Lei spirò fra le mie braccia, e per la prima volta in vita mi posi il problema della morte. Riflettei sul fatto che le persone muoiono. O almeno, che lasciano il loro corpo terreno. Era questo che pensavo fosse successo a lei. E notte dopo notte, pregai che mia madre tornasse a farmi visita e restasse con me, almeno per un po'. Ma non lo fece.»

«Credo che tu sia troppo duro con lei», commentò Simon. «Ti è mai apparsa in sogno?»

«Be', sì, l'ho sognata, ma questo non dimostra che lei sia venuta realmente.»

«Il fatto che una cosa non sia concreta non significa necessariamente che non sia reale. Su questa spiaggia, durante il giorno puoi sentire il sole scaldarti la pelle. Non vedi i raggi che ti toccano, ma il calore che avverti dimostra che esistono realmente.»

«E per una persona che appare in sogno sarebbe lo stesso?»

«Esattamente. Possiamo vedere e sentire vicina una persona nel mondo dei sogni, e il fatto che al risveglio non ci sia più non significa che non sia stata davvero lì con noi. Il corpo umano permette di comunicare con quelle persone solo in certi modi e in certe occasioni. Per esempio, ha mai visto in sogno qualcuno che non riuscivi a riconoscere, o non avevi mai visto prima?»

«Pensandoci, sì, più di una volta.»

«Ebbene, tu sei proprio convinto che solo perché non hai mai incontrato quelle persone in questa vita, non significhino niente per te? Magari nel passato, o nel futuro?»

Simon distolse lo sguardo da me per posarlo sul mare aperto.

«L'umanità ha sempre cercato risposte che potessero dare un senso alla vita, uno scopo all'esistenza. Così Gesù, Maometto, Buddha e altri sono venuti al mondo per dirci che la vita non termina con la morte, e che tutto ciò che dobbiamo fare è sforzarci di seguire la più semplice delle regole: essere felici amandoci e rispettandoci l'un l'altro.»

La voce di Simon si velò di tristezza.

«E invece, guarda il torto fatto da certi individui alla religione e alla fede della gente. La considerazione che quei Messia fossero nati in luoghi diversi indusse i popoli di quelle terre a credersi speciali, i prescelti da Dio, e a causa di questo furono pronti a combattere guerre fin dal principio dei tempi, amico mio, sempre giustificando le loro crudeltà con il pretesto di agire in nome di Dio.»

Simon fece una pausa, abbastanza lunga per dare tempo alle sue parole di penetrare nella mia mente.

«Lascia che ti racconti una storia. Tempo fa, stavo viaggiando attraverso la penisola iberica, l'odierna Spagna, una terra invasa da molti popoli differenti all'epoca delle crociate. Guerra santa, la chiamavano allora.

«Comunque, stavo osservando una bellissima cattedrale cristiana restituita al suo splendore da lavori di restauro. Di fianco a quella magnifica costruzione, vidi alcuni uomini scavare, portando alla luce delle rovine, forse le fondamenta di un'antica città. Chiesi a un passante se poteva dirmi di che cosa si trattasse. ‘Quelli sono i resti dell’antica città moresca’, mi spiegò. ‘È tutto ciò che ne è rimasto dopo che i selvaggi venuti dal Sud invasero la nostra terra e uccisero la nostra gente.’

«‘E la chiesa?’ domandai all’uomo.

«‘Ah, quella è un’altra storia’, rispose con orgoglio. ‘Quando i mori invasero queste terre, i crociati, prima di andarsene, coprirono di fango la statua della Vergine perché non venisse distrutta. Passarono cinque secoli senza che nessuno sapesse dove era nascosta, finché un giorno un pezzo di fango si staccò all’improvviso da una parete della chiesa, svelando la statua ancora intatta. Un *milagro*, disse, e subito si fece il segno della croce.»

«Che cosa significa ‘milagro’?» domandai a Simon.

«In spagnolo vuol dire ‘miracolo’. L’uomo era convinto che il fango che si era staccato dal muro e l’improvvisa apparizione della statua della Vergine fossero un segno divino, un miracolo.

«Pochi giorni dopo lasciai il Paese della corrida e dello sherry e attraversai lo Stretto di Gibilterra per raggiungere il regno del Marocco. Fu come entrare in un altro mondo. È incredibile come due terre separate soltanto da una striscia d’acqua possano essere tanto diverse.

«Giunsi nel porto di Tangeri. La gente indossava lunghe tuniche, gli alcolici erano proibiti, ed era difficile vedere una donna in giro per la strada alla sera. Inoltre, ero arrivato durante il Ramadan, il periodo in cui i musulmani devono astenersi da cibo e bevande dall'alba al tramonto. Niente può venire in contatto con la loro bocca per tutto il giorno, allo scopo di purificare il corpo. Questo rituale va avanti per un mese di seguito, poi, al termine, si tiene un'enorme festa in tutto il regno.»

«A quanto pare, hai viaggiato molto, Simon.»

«Viaggiare è un buon metodo per vedere il mondo com'è realmente», replicò lui. «In genere, da viaggiatore, sei un osservatore imparziale che può giungere a delle conclusioni senza essere coinvolto emotivamente. È come se...» La sua voce si smorzò.

«Continua, te ne prego», lo sollecitai.

Simon mi guardò e sorrise. «Certo, amico. Come stavo dicendo, ero arrivato in quel nuovo, strano posto. Mi recai subito a visitare la Medina, come gli arabi chiamano l'antico cuore della città che, un tempo, era circondato da mura. Le strade restituivano il profumo di erbe e spezie esotiche, e al crepuscolo dalle moschee si levava alta nel cielo la preghiera dei fedeli.

«Stavo bevendo un caffè, davanti a una vecchia mappa del regno, quando l'antica città di

Meknès attirò la mia attenzione. Sentii che dovevo andare là, perché vi avrei visto qualcosa di importante. Così il mattino seguente presi un treno di terza classe diretto a Meknès.

«La città somigliava a Tangeri, eccetto che per un grandioso palazzo costruito nel sedicesimo secolo dal sultano Moulay Ishmael, il quale fece di Meknès la città imperiale. Quel sontuoso edificio mi affascinava e volli visitarlo.

«Era veramente qualcosa di spettacolare. Il palazzo più grande del mondo, eretto per soddisfare l'ego smisurato di un monarca, era circondato da magnifici giardini, coltivati in mezzo al deserto. Si dice che il sultano avesse oltre duemila mogli e ottomila figli. Per proteggere la sua reggia, fece costruire ventiquattro chilometri di mura, e prigioni per i suoi quarantamila schiavi cristiani.»

Simon fece una pausa. « Stavo per lasciare il palazzo quando vidi che c'erano degli scavi archeologici in corso. Mi avvicinai a uno degli addetti ai lavori per chiedere se avessero trovato qualcosa di interessante. 'Ieri è stata fatta una grande scoperta', mi disse. 'Dopo secoli è stata rinvenuta una nuova camera del palazzo di Ishmael. Ed è ancora intatta! Che Allah sia lodato...'

«'Che cosa sono quelle gallerie?'

«'Oh, quelle? Niente di interessante. Solo i

passaggi attraverso i quali venivano condotti i selvaggi del Nord, gli infedeli dai quattro angoli del regno che costruirono il palazzo del nostro re.'

«'Quanto sono lunghe?'

«'Nessuno lo sa con precisione. Centinaia di chilometri, pare.'

«'E che cosa ne fu degli schiavi dopo che ebbero finito di costruire il palazzo?'

«'La maggior parte di loro venne lasciata morire di fame. Erano nemici di Allah. Gli infedeli...'»

Simon tacque, alzando gli occhi al cielo stellato, un altro di quei momenti preziosi di cui stavo imparando a cogliere la magia.

«Ti rendi conto? Lo spagnolo era devoto al suo Dio quanto il musulmano ad Allah. A entrambi era stato insegnato che il loro era l'unico vero Dio, quando in realtà gli avevano semplicemente attribuito un nome diverso.»

«Che cosa stai cercando di dirmi, Simon?»

«Che la risposta alle domande sulla felicità è confusa perché ci sforziamo di seguire un'ideologia, una verità prestabilita anche se questa non sempre corrisponde a ciò che crediamo in fondo al cuore.»

«Quello che è successo a me quando ho scoperto che Babbo Natale non esiste», mormorai.

Simon mi fissò con il suo sguardo penetrante.

«Il dono della parola è stato fatto all'umanità

perché ci capissimo tra noi, amico mio, non per confonderci. Quanto sarebbe stato più facile se invece di diffondere storie che dividevano i popoli di questo mondo, avessimo imparato a parlare il linguaggio del cuore, comprendendo che tutti stiamo cercando le stesse risposte.»

Finito ciò che aveva da dire, Simon rimase in silenzio. Non potei nascondere l'ammirazione che stavo cominciando a provare per quell'uomo che inizialmente avevo mal giudicato.

«Adesso sono stanco», disse. «Ti sarei grato se mi lasciassi andare a dormire.»

«Posso venirti a trovare domani?» Mi resi conto che il mio tono era quasi implorante.

«Questo luogo sarà sempre accessibile per te, finché lascerai aperta la porta del cuore alla verità di questo mondo.»

«Grazie, Simon.»

«Non ringraziare me, John Williams. Ringrazia te stesso per quello che ti sta accadendo. Ricorda che la felicità, come la purezza interiore, non ha prezzo, ma una sola casa: il tuo cuore.»

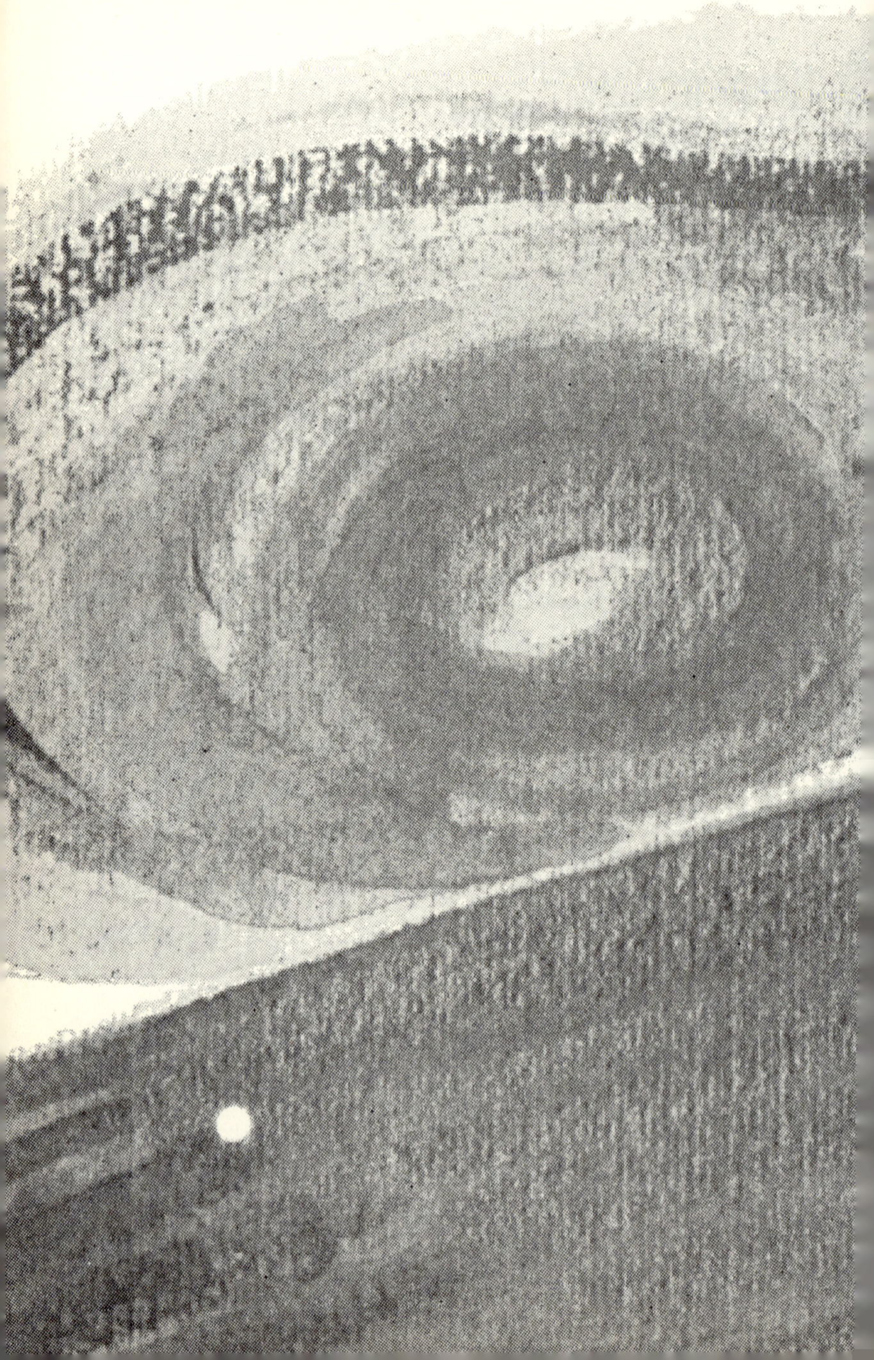

# 6

*La felicità non va inseguita,*
*ma è un fiore da cogliere ogni giorno,*
*perché essa è sempre intorno a te.*
*Basta accorgersene.*

Il tempo che trascorrevo con Simon stava cominciando ad avere un effetto positivo su di me, e sebbene non sapessi dove mi avrebbe portato quella magica avventura, sapevo che stavo facendo la cosa giusta e che non avrei dovuto lasciare che i dubbi rallentassero il mio cammino.

Non accennai mai a Simon con la mia famiglia, né con nessuno della Williams Amalgamated. Avevo paura di rompere l'incanto, e nel mio intimo qualcosa mi diceva che quella era la mia occasione per riafferrare la felicità sfuggitami dal cuore.

Era passata quasi una settimana da quella mia prima conversazione con Simon, immersi nella quiete della Spiaggia dei sogni. Ero un po' preoccupato per lui, perché lo avevo visto piuttosto provato e non sapevo che cosa pensare.

Più tardi andrò a fargli visita, decisi.

Andai in camera mia a prendere dei vestiti puliti prima di farmi la doccia. La mattinata si preannunciava splendida, ideale per crogiolarsi al sole in santa pace.

Tirai fuori un paio di bermuda. La camicia che cercavo era su un ripiano alto del guardaroba. Mi allungai, cercando di prenderla, senza arrivarci. Allora salii sul bordo di un cassetto basso, ma questo cedette sotto il mio peso. «Accidenti!» urlai, cadendo rovinosamente. Mi ero fatto male a un piede, ma la cosa peggiore era che adesso mi sarebbe toccato riparare quel mobile sfondato.

Fissai il contenuto del cassetto sparpagliato sul pavimento.

L'album di fotografie della mia infanzia! Non mi ricordavo più nemmeno di averlo. Avevo paura ad aprirlo. Sapevo che avrebbe fatto riemergere sentimenti sopiti, e non volevo rattristarmi.

Ma la curiosità fu più forte della paura. Raccolsi l'album e andai a sedermi in terrazza, dove i raggi del sole mattutino stavano già intiepidendo l'aria.

Aprii lentamente l'album. Sulla prima pagina era incollato un breve trafiletto di giornale: «Intorno alle quattro e mezzo di questa mattina la signora Rose Williams ha dato alla luce un bambino del peso di quasi tre chili...»

Sì, parlava proprio di me. Avevo appena fatto il mio ingresso in quel mondo di sconosciuti, e per me quella sarebbe stata la prima di molte apparizioni su quotidiani e riviste. Sotto c'era una copia del mio certificato di nascita, e di fianco un'impronta di un piede, apposta solennemente come la mia prima firma.

Voltai pagina. C'era una fotografia ingiallita in cui io, una trentina d'anni più giovane, ero con mamma e papà e sorridevo felice, sicuro che tutto sarebbe andato a meraviglia.

Ricordai i miei genitori. È buffo, pensai. La malinconia ti assale senza preavviso, quando meno te l'aspetti. La riconobbi immediatamente a causa di quella che io chiamavo la «sindrome del nodo alla gola». Vorresti parlare, ma non ci riesci; vorresti piangere, ma non ce la fai; vorresti ridere, ma non puoi. Rimani sospeso tra la gioia e la tristezza, sopraffatto dallo struggimento, come se il tuo cervello fosse in panne, incapace di elaborare le informazioni che gli arrivano.

Erano anni che non aprivo quell'album. Lo sfogliai lentamente, rivivendo ogni istante impresso sulla pellicola, prigioniero a ogni pagina di un groviglio di emozioni. Meglio lasciar perdere finché sono ancora in tempo, mi dissi.

Stavo per chiudere quel pozzo di ricordi

quando sentii bussare alla porta. La mia casa era lontana dalla città, e poche persone venivano fin lì a farmi visita, tantomeno la mattina di buon'ora. Chi potrà mai essere? mi domandai, alzandomi per guardare dalla finestra.

«Salve, John Williams. Spero di non disturbarti.»

«Simon! Che bella sorpresa! Arrivo subito.»

Il cuore mi batteva forte. Come faceva a sapere dove abitavo? Mi aveva spiato?

Sarebbe ora che ricominciassi a fidarmi del prossimo, mi rimproverai da solo.

Aprii la porta. «Benvenuto, Simon. Entra.»

«Grazie, amico. Mi sento un po' imbarazzato a presentarmi alla tua porta vestito così. Il mio abbigliamento certamente non è all'altezza della tua bella casa.»

Simon in realtà aveva un ottimo aspetto. Si era tagliato i capelli e regolato la barba, e indossava un completo più che decoroso, sebbene avesse l'aria di essere rimasto appeso per anni in un armadio. In ogni caso, un gentiluomo si riconosce anche quando è vestito di stracci, e Simon emanava una grande saggezza e dignità.

«Ho portato con me una bottiglia di porto, nel caso ci facessimo un'altra chiacchierata. Spero che non ti dispiaccia.»

«Assolutamente no», risposi. «Il tuo vino

d'annata valorizza sempre la conversazione.» Presi la bottiglia e la portai in cucina.

Simon uscì sulla terrazza e respirò profondamente l'aria salmastra. «Godi di una vista magnifica da qui.»

«Grazie, Simon. Ho progettato questa casa in modo che l'oceano potesse essere visto e sentito da ogni stanza.»

«Che bell'idea», commentò Simon. Stava per aggiungere qualcosa, ma poi l'album di fotografie attirò la sua attenzione.

«È tuo?» domandò.

«Oh, l'album... Sì. Sono vecchie fotografie di quando ero più giovane e...»

« Posso vederle?»

«Be'... certo, se ti fa piacere. Stavo per metterlo via.»

«Ah, lo hai già guardato?»

«Veramente, ho dato solo un'occhiata...»

A un tratto ebbi un'intuizione. Non era un caso che Simon fosse arrivato in quel preciso momento.

«Più ti conosco, Simon, più mi sorprendi. Adesso sai anche esattamente in quale momento comparirmi davanti.»

«Cosette che si imparano in questo viaggio chiamato vita, caro mio. Ora, sarei davvero onorato di vedere il tuo album di famiglia.»

Ci mettemmo a sedere in terrazza. Aprii lentamente l'album. Ci colpì una fotografia a piena pagina di me e mio fratello in maschera durante una festa di carnevale organizzata a scuola.

«Sei tu quello con il costume da delfino?»

«Sì, Simon.»

«Ottima scelta. Il delfino è una creatura magnifica, forte eppure delicata, saggia ma giocosa.»

«Da bambino sognavo spesso che un giorno mi sarei trasformato in un delfino e avrei viaggiato per i mari», gli confidai.

«Non fai più quel sogno?» domandò Simon.

«Potrei dire di sì, ma sai già che ti mentirei. Per qualche ragione, ho perduto quel sogno lungo la strada.»

«È triste come certe intuizioni meravigliose possano smarrirsi nella vita di ogni giorno e non si riesca più a ritrovarle. E poi, col tempo, si finisce per dimenticarsene.»

All'improvviso, un largo sorriso illuminò il suo volto. «Ma ora stiamo ricordando, mio caro signor Williams! Il primo passo è sempre il più difficile, ed è stato fatto. Tu hai trovato la chiave per rievocare la felicità degli anni d'oro dell'infanzia.»

Simon aveva ragione. Per quanto potessi essere severo con me stesso, senza neanche accorgermene avevo già iniziato a fare qualcosa per ricordare, per ritrovare il sorriso.

Parlammo della mia infanzia e della sua,

scoprendo quanti pensieri e sogni avessimo avuto in comune da bambini. In meno di tre ore, avevamo costruito favolosi castelli di sabbia, combattuto contro draghi che sputavano palle di fuoco, ed eravamo diventati delfini che nuotavano insieme con orche e balene.

«Non mi sono mai sentito tanto in forma, Simon. Credo di cominciare a capire quel che dicevi sulle cose che contano nella vita.»

«Amico, devi tornare ad apprezzare la semplicità. Non si può dare valore e importanza solo ai 'grandi eventi' della vita. Bisogna saper vedere la bellezza che c'è anche nelle piccole cose. È questo che ti fa sentire speciale, felice. Una volta Benjamin Franklin disse che la felicità umana non è tanto frutto di grandi colpi di fortuna che capitano raramente, quanto delle piccole soddisfazioni quotidiane.»

Simon s'interruppe per un attimo, poi riprese: «E un'altra cosa importante è fare del bene senza che gli altri lo notino. Questo è davvero un ottimo modo per dimostrare a se stessi che qualunque cosa si stia facendo di buono, è perché lo vogliamo, non per suscitare l'ammirazione degli altri. Molte persone si lamentano del proprio destino, e non colgono le mille piccole opportunità di sentirsi meglio ed essere più felici che si presentano quotidianamente nella loro vita. Questo accade perché non hanno capito che c'è sempre la possibilità di vivere in un modo diverso. È la paura del giudizio degli altri che impedisce di decidere con la propria testa.

«Esiste per tutti un modo migliore di vivere, capito, John Williams? Si tratta solo di fare la scelta giusta».

«Però, Simon, ci sono cose che bisogna fare se si vuole arrivare a qualcosa.»

«Sono perfettamente d'accordo con te. Per quanto si possa cercare di evitarlo, se c'è qualcosa che devi fare per imparare, finirai per farla. Vedi amico, quando concentriamo i nostri sforzi sul fare ciò che gli altri si aspettano da noi, proviamo e riproviamo senza mai riuscire a combinare niente, perché non è realmente quel che dovremmo fare. È come cercare di camminare sull'acqua. Perché non tentiamo di farlo? Perché sappiamo che andremmo a fondo. È questo il segreto: sapere.

«Sfortunatamente, la maggior parte del bagaglio di informazioni con cui nasciamo si perde gradualmente, in proporzione all'aumentare delle regole che ci vengono imposte. Come ogni altra creatura, alla nascita siamo dotati di un istinto formidabile, ma poiché ci riteniamo superiori a ogni altro animale, ci riempiamo la testa di norme che finiscono per soffocare impulsi e libere intuizioni.

«Hai mai sentito parlare dell'uccello delle tempeste?»

«No, Simon.»

«È un uccellino grigio scuro chiamato anche procellaria, non più grande del palmo della mia mano. Ogni anno questi minuscoli volatili marini iniziano la loro migrazione dall'Artico, a nord delle isole giapponesi e molto vicino alla tundra siberiana, in stormi di decine di migliaia di esemplari, e sorvolano l'oceano fino alle isole del Pacifico meridionale e la Tasmania, dove nidificano durante la stagione invernale. Coprono qualcosa come quindicimila chilometri, guidati soltanto dall'istinto millenario della loro specie.

«Per tutto il loro lungo viaggio, frazionato in tappe fino a quattrocento chilometri, volano in formazione. Ogni membro dello stormo sa esattamente quale posizione gli compete. Gli uccelli si fermano a mangiare e riposarsi in luoghi che sono stati visitati regolarmente dai loro antenati, ma non da loro. Per lo più raggiungono quelle isole per la prima volta, eppure sanno come arrivarvi! Che cosa li guida così, a colpo sicuro, su una lingua di terra talmente sottile che perfino un aereo non sarebbe in grado di individuarla senza le più sofisticate apparecchiature radar?

«L'istinto, amico. Giungono alla loro destinazione perché sanno di poterlo fare, perché sanno dove stanno andando.»

Simon s'interruppe per bere un sorso di porto, poi continuò.

«E la straordinarietà dell'uccello delle tempeste non finisce qui. Il bello viene quando lo stormo di migliaia di uccelli raggiunge le calde isole tropicali del Pacifico meridionale, volando insieme ala contro ala, alla velocità di oltre trenta nodi. All'improvviso, senza una ragione apparente, in pieno volo, lo stormo si disperde nel giro di pochi secondi. Alcuni terminano il loro viaggio alle isole Figi, altri in Nuova Caledonia, altri ancora virano alla volta delle isole Cook e della Tasmania. Per qualche motivo a noi incomprensibile, sanno di essere arrivati. E invece di fidarsi di occhi che non riescono a scorgere terra in nessuna direzione, si affidano al loro istinto e ciascuno segue l'unica rotta che è giusta per quel singolo uccello. L'individualità riemerge solo alla fine del viaggio.

«Riesci a immaginare che cosa accadrebbe a quegli uccelli prodigiosi se uno dello stormo cominciasse a dire: 'Guardiamo le mappe per sapere dove ci troviamo, così ci sarà molto più facile raggiungere la nostra meta'? Non sarebbero più in grado di ascoltare la loro voce interiore e si dovrebbero affidare a qualcosa di esterno. Comincerebbero a litigare fra loro, a scontrarsi in aria, a perdere l'orientamento. Perché sfidare la propria natura, quando essa ci sa guidare così bene? E lo stesso dovrebbe valere per gli esseri umani. Proprio come uno stormo di uccelli delle tempeste, iniziamo a volare insieme perché dobbiamo svilupparci, ma poi viene un momento in cui ciascuno di noi deve ascoltare il proprio cuore, cercare il proprio destino, e come quei magnifici uccelli dovremmo separarci e andare ognuno per la sua strada.

«Purtroppo, nella maggioranza dei casi non ci è possibile farlo. Veniamo educati a vivere in un certo modo, e questo imposta la nostra esistenza per i successivi dieci o quindici anni. Quando poi finalmente ci rendiamo conto della verità e scopriamo di essere differenti dalla persona che ci chiedono di essere, pensiamo che ormai sia troppo tardi per riscoprire la nostra vera identità. In alcuni casi, tragicamente, l'istinto e la verità che ognuno si porta dentro taceranno per sempre.

«Ma non è mai troppo tardi, amico. Solo, più si aspetta ad andare alla ricerca di se stessi, più il percorso si riempie di ostacoli.

«Thomas Edison venne espulso da scuola per cinque volte. Isaac Newton non riusciva ad arrivare al termine di una lezione senza addormentarsi. E Albert Einstein non badava minimamente al proprio aspetto fisico, eppure scoprì la teoria della relatività, la legge che governa il nostro mondo fisico. Tutte queste persone si sono sempre comportate come sentivano che era giusto per loro, e quindi hanno iniziato il loro percorso di riscoperta dell'io molto prima di tanti altri. È per questo che sono riusciti a fare tanti progressi nell'arco di una vita.»

«Che cosa stai dicendo, Simon? Che dovremmo essere ciò che sentiamo di essere, indipendentemente da quel che pensano gli altri?»

«Proprio così. È della tua vita che si sta parlando, e credimi, quando verrà il momento di rendere conto di ciò che ne hai fatto, tutti quelli che ti hanno detto che dovevi comportarti in un certo modo non saranno lì a difenderti, perché è il tuo destino quello che stai costruendo, mai quello di qualcun altro.»

Mi guardò, e con quel sorriso che avevo imparato ad ammirare tanto, concluse: «La felicità non va inseguita, ma è un fiore da cogliere ogni giorno, perché essa è sempre intorno a te. Basta accorgersene».

# 7

*Guardandoti dentro puoi scoprire la gioia,*
*ma è soltanto aiutando il prossimo*
*che conoscerai la vera felicità.*

ULTIMAMENTE avevo notato che qualcosa stava cominciando a cambiare in me.

La prima volta che lo sentii fu mentre stavo camminando da solo lungo la Baia, inseguendo un pensiero che andava lentamente prendendo forma nella mia mente: Forse c'è uno scopo speciale per cui ho fondato la mia società, forse non è stato tutto finalizzato esclusivamente a fare soldi. Se solo fossi riuscito a inquadrare ogni cosa nel giusto contesto, a vederne l'insieme, allora avrei potuto farmi un'idea più chiara di ciò che stavo cercando.

Mi sedetti sulla sabbia. Era una bellissima mattinata: le onde increspavano la superficie del mare dove brillavano i raggi del sole.

Una delle cose che mi piaceva fare ogni mattina prima di andare al lavoro era svegliarmi presto e camminare lungo la spiaggia fino a raggiungere via mare l'edicola più vicina, comprarvi il quotidiano e tornare a casa per leggermelo con calma, gustandomi una tazza di caffè.

Quella particolare mattina, diversi titoli in prima pagina attirarono la mia attenzione. Nazioni povere devastate dalla guerra, un'intera famiglia falciata da un automobilista ubriaco, i risultati di uno studio che dimostravano l'incremento dei casi di leucemia infantile nei Paesi industrializzati...

Notizie del genere avrebbero sopraffatto anche la persona più ottimista del mondo.

Ero arrabbiato, molto arrabbiato.

Perché la vita è così ingiusta? Perché certa gente ha troppo, e altra non ha neanche il necessario? Se c'è un Dio lassù da qualche parte, come può permettere che accadano certe cose? Perché sono quasi sempre i cattivi a vincere?

Alla fine moriremo tutti, e sarà finita. Perché dovremmo tentare di...

«Perché abbiamo tutti uno scopo nella vita.»

«Simon?»

«Mi sembri molto in collera, amico.»

«Lo sono. Come posso godermi questa bella mattinata sapendo che al mondo c'è così tanta gente che soffre? Hai letto il giornale di oggi? Oh, dimenticavo le tue facoltà. Probabilmente sai già le notizie del giorno.»

Lo guardai con aria di sfida.

«Avanti, Simon, tu che sai sempre tutto. Dimmi: come si può pretendere che un bambino con una malattia terminale sia felice? O che lo sia qualcuno che ha appena perso la sua famiglia in un incidente stradale per colpa di un criminale che ha alzato troppo il gomito? O come si può parlare di felicità alla gente che conosce la guerra?»

Simon mi guardò con infinita tristezza.

«Domande al vento, John Williams. Le ho sentite un migliaio di volte. Me le ponevo continuamente anch'io, finché un giorno mi sono stancato di ripetermi lo stesso messaggio negativo, pur sapendo che così non ero di aiuto a nessuno, e per di più avrei finito per distruggere me stesso, scivolando nella depressione.

«Per rispondere a tutte quelle domande, dovrei avere la chiave dei grandi misteri del mondo, ma c'è una cosa da non dimenticare mai: il fatto che non riusciamo a comprendere certe cose non significa che non ci sia una ragione per cui esse accadono.» Simon distolse lo sguardo da me verso l'orizzonte.

«'Come possiamo chiedere a quelle persone di pensare alla felicità quando sono nel pieno di una tragedia personale?' dici tu. Proverei a risponderti con un'altra domanda. Che cosa ti aspetti che facciano? Dovrebbero perdere la fede per il resto della loro vita, quando gente come te e me sa che la felicità si può raggiungere? Stai cercando di dirmi che quelle vite non sono importanti, che dovrebbero scomparire per porre fine alla loro sofferenza? Non pensi che, una volta riemersi dai loro drammi, quegli sfortunati saranno in una posizione migliore della nostra per arrivare alla felicità? Le persone di cui tu parli, amico, hanno già imparato a tenersi saldamente aggrappate a ogni esile speranza di una vita migliore. Un bambino con una malattia terminale vivrà una vita più intensa nel poco tempo che gli rimane di quanto tu e io potremmo mai sognarci. Quelle famiglie straziate dagli orrori della guerra non chiedono una tavola imbandita, ma ringraziano il loro Dio per essere sopravvissute a un altro giorno e per qualunque briciola riescano a mangiare. Non capisci? La felicità è nei loro cuori. Sono le circostanze materiali che rendono il loro cammino più difficile, il dolore più acuto, e la ricompensa finale più grande.

«Quanto ai responsabili di queste ingiustizie, lascia che te lo dica, non vincono. Sono più lontani di chiunque altro dalla felicità. Continueranno a girare a vuoto, con il cuore pieno di odio... condannati a quello che i cristiani chiamano inferno.»

Simon posò su di me uno sguardo paterno e sorrise.

«È a questo punto che tu, John Williams, t'inserisci nel disegno universale.»

«Che cosa intendi dire?» domandai trasecolato.

«La vita ti ha dato tutto ciò che hai chiesto. Forse la tua felicità starà nel condividere con altri ciò che hai realizzato, contribuendo così alla tua stessa autorealizzazione.

«Torna con la mente al passato, amico, al tuo primo impiego. Senti di nuovo l'eccitazione di cominciare a lavorare, quando avevi il mondo intero davanti a te da conquistare. Ora concentrati, e cerca di ricordare che cosa hai fatto con il tuo primo stipendio. Lo hai messo da parte per il futuro, oppure avevi già in mente come usarlo, optando per qualcosa che avrebbe reso felice te... o magari qualcun altro?»

«Ora ricordo», dissi. «Quell'estate lavorai sodo alla biblioteca locale. Non per fare soldi, ma per comprare un regalo speciale per il cinquantesimo compleanno di mio padre. Ricordo anche di essermi impegnato per... ma certo! Con quel denaro acquistai la mia prima tavola da surf.»

«Hai visto? Era la felicità di poter raggiungere i tuoi obiettivi per mezzo del tuo lavoro, e non il denaro a farti sentire così bene. è questa la chiave. Ora che hai ricordato, ti sarà possibile usare e tenere soltanto le cose che ti guideranno nel tuo lungo cammino verso la realizzazione. E chissà, forse sarai anche in grado di aiutare altri a comprendere.»

«Non potresti essere più chiaro, Simon?»

«Presto ti renderai conto, amico, che guardandoti dentro puoi scoprire la gioia, ma è soltanto aiutando il prossimo che conoscerai la vera felicità.»

# 8

*Finché ascolti il tuo cuore*
*e fai di tutto per essere felice,*
*sei tu a condurre il gioco*
*con le regole che tu stesso ti sei dato.*

TRASCORSE un mese prima che rivedessi Simon. Ero stato impegnato a condurre una trattativa che mi aveva portato più volte all'estero, per concludere un affare che rappresentava una pietra miliare per la Williams Amalgamated. Adesso ero finalmente rientrato in sede, senza più altri viaggi in programma almeno per le prossime settimane.

Durante uno dei miei viaggi d'affari avevo partecipato a una conferenza svoltasi in un lussuoso albergo che s'affacciava su una spiaggia di sabbia bianca, capace con la sua bellezza di farmi ricordare la Baia. Ne approfittai per concedermi una lunga, rilassante passeggiata sulla battigia, godendomi la sensazione dei miei piedi che affondavano nella sabbia umida, la dolce cantilena delle onde di quel paradiso tropicale e la vista delle palme che s'inchinavano flessuose alla fresca brezza pomeridiana.

Mi sedetti qualche istante per ammirare all'orizzonte il tuffo del sole rosso fuoco nel mare blu dei Tropici.

Mi tornò in mente l'ultimo tramonto che avevo contemplato con Simon, seduti sulla sabbia della Spiaggia dei sogni, con il nostro bicchiere di porto.

Stai davvero cominciando a cambiarmi la vita, amico mio, pensai.

Rammentai di avergli detto che se avessi saputo prima tutte le cose che mi aveva aiutato a ricordare, chissà dove sarei stato a quell'ora. E Simon, nella sua infinita saggezza, mi aveva risposto: «Che tu ci creda o no, amico, c'è un tempo per ogni cosa. Non c'è niente di peggio che tormentarsi con la catena dei 'se'. Si può decidere di prendere una direzione diversa soltanto quando si è arrivati a un punto in cui la strada si divide, non prima.

«La maggior parte dei nostri errori non è che mancanza di esperienza. Il più saggio degli uomini è quello che ha maggiore esperienza, che ha imparato di più commettendo più sbagli, 'tentando' invece di 'non fare nulla'.

«Non sentirti in colpa per le tue decisioni sbagliate. Semplicemente, cerca di trarne insegnamento per il futuro».

* * *

Il sole era quasi scomparso oltre l'orizzonte, e il cielo andava tingendosi di un'esplosione di arancio e di rosa mentre nuvole soffici come zucchero filato catturavano gli ultimi raggi, assumendo una luminescenza quasi irreale.

Vidi qualcosa scintillare sulla battigia a poche decine di metri da me, un segreto custodito dalle onde. Ogni volta chc la risacca lo scopriva, il suo luccichio dorato attirava il mio sguardo, stuzzicando la mia curiosità.

Che cosa sarà? mi domandai, alzandomi per andare a vedere.

Mentre mi avvicinavo, quel qualcosa cominciò a prendere forma. Era la conchiglia più bella che avessi mai visto, e pareva brillare di luce propria. La raccolsi e la tenni sul palmo della mano per controllare se al suo interno vi abitasse ancora un mollusco. La magnifica conchiglia era vuota.

Un palazzo per una creatura del mare... Ecco che cosa pensai, ma subito mi sfiorò un'altra idea: ...O uno splendido regalo per Simon!

Mi resi presto conto che non avevo mai donato nulla a Simon in segno della mia gratitudine.

Abbiamo condiviso così tanti momenti magici, mi dissi, e lui ha spartito con me la sua saggezza, ma io non gli ho mai dato niente in cambio. Questo sarebbe il dono perfetto per un uomo che ama tanto il mare!

Al mio ritorno dalla conferenza feci un salto in ufficio e poi andai dritto a casa e, dopo aver indossato qualcosa di comodo, presi da un cassetto una bella carta da regalo, del nastro e un paio di forbici. Quindi tirai fuori la conchiglia dal mio bagaglio a mano, rimuovendo l'imballo improvvisato con cui l'avevo avvolta fino ad allora.

Meglio metterla in una scatola, mi dissi. Rovistai in un altro cassetto in cui conservavo tutte quelle cianfrusaglie che in certe occasioni possono rivelarsi preziose e trovai una piccola scatola di legno che non solo era della grandezza giusta per la conchiglia, ma si accordava perfino con le sue sfumature ocra e avorio.

Sistemai con delicatezza la conchiglia dentro la scatola, adagiandola sopra un morbido strato di ovatta bianca, poi feci un bel pacchetto, con tanto di nastro dorato. Mi sentivo molto soddisfatto del mio lavoro.

Mi misi il pacchetto in tasca e uscii a cercare Simon, portando con me un maglione per ripararmi dalla brezza serale.

Era una notte bellissima, con la luna piena alta nel cielo e le stelle mute testimoni dell'incanto di quel momento irripetibile.

«Ehi, John Williams!» mi sentii chiamare.

«Simon?»

«Che fine hai fatto, amico? Ero tremendamente in pensiero... È da più di un mese che non ti fai vedere. Temevo che ti fosse accaduto qualcosa.»

«Be', se è così, avresti potuto chiamarmi in ufficio.»

«Ci sono cose che non posso fare.»

«Perché mai?»

«Lascia perdere. Allora, che cos'hai fatto in tutto questo tempo?»

«Sono stato all'estero per concludere dei contratti che metteranno la mia società in una posizione molto forte sul mercato.»

«Questa è un'ottima notizia per un uomo d'affari come te. Spero solo che tu non abbia lavorato troppo. Ricorda che lo scopo del lavoro e dell'impegno è migliorare la propria situazione ed essere più felici. Tolstoj una volta disse che il denaro in sé è una nuova forma di schiavitù.»

«Credo proprio che non mi ammazzerò più di lavoro come una volta, Simon. Tu mi hai insegnato una grande verità aiutandomi a rivedere le mie priorità. Adesso che mi prendo il tempo per vivere, tutto sembra più semplice, perfino i miei affari. Non ti ringrazierò mai abbastanza per quello che hai fatto.»

«Non ringraziare me, John Williams. Devi

ringraziare solo te stesso se hai scoperto chi sei realmente.»

«No, Simon. Tu hai avuto un ruolo essenziale in tutto questo, e non lo dimenticherò mai. Ma per il momento, vorrei dimostrarti la mia riconoscenza con qualcosa che spero sia di tuo gradimento.»

Gli porsi il dono che gli avevo portato.

«È per me?» domandò Simon, incredulo.

«Sì, Simon. Di nuovo grazie.»

«Oh, amico... non avresti dovuto.»

«Su, aprilo.»

«Io?»

«Certo», dissi ridendo. «È tuo.»

Simon maneggiò il pacchetto con precauzione, svolgendo il nastro molto lentamente per non strappare la carta. Si capiva che stava godendosi ogni istante. «Tu sei sicuramente un uomo felice, Simon», osservai.

«E adesso lo sono ancora di più grazie a questo tuo dono.»

Finì di scartare il pacchetto. Tolse con garbo il coperchio alla scatola e ne tirò fuori il contenuto.

«Oh, mio Dio!» mormorò.

«Spero che ti piaccia, Simon.»

«È... magnifica, davvero straordinaria. Dove l'hai presa?»

«L'ho trovata sulla spiaggia durante uno dei

miei viaggi e ho pensato che ti sarebbe piaciuta.»

«Hai controllato che dentro non...»

«Tranquillo, Simon. Mi sono subito accertato che non fosse abitata.»

«Oh, bene», disse, sollevato. Si rigirò la conchiglia fra le mani; in quella splendida notte di luna piena, quel guscio brillava come se fosse magico.

«La custodirò gelosamente. Mi ricorderà la bellezza incomparabile della natura, e quanto io sia stato fortunato ad avere un amico come te. Ora mi occorre trovare un posto dove metterla, e tu mi aiuterai.»

Si avviò verso la baracca. Io non mi mossi da dov'ero.

«Ti prego, entra in casa. Non è molto grande, ma a me va bene così.»

«La casa di un uomo è il suo palazzo», dissi.

«Sagge parole dette da qualcuno molto tempo fa», replicò Simon. «Peccato che oggi ne venga ribaltato il senso. Ci si circonda di lussi inutili che non rispondono alle nostre reali esigenze, solo per una questione di prestigio sociale.» Stava per aggiungere qualcosa, ma s'interruppe. «Su, vieni dentro.»

Simon prese una vecchia lanterna a cherosene appesa fuori dalla porta, l'accese con attenzione e l'agganciò a un uncino assicurato al soffitto della baracca.

Lo seguii all'interno della casa, usando cautela con la porta che non era più salda sui suoi cardini come un tempo.

«Questo posto ha l'aria di essere molto vecchio, Simon.»

«Oh, lo è. Non sono il primo ad abitarvi. Molti altri sono stati qui prima di me.» Simon si chinò ad accendere i ceri di un candelabro a due braccia.

«Come, prima di te?»

«Amico, la ricerca della felicità è vecchia quanto il genere umano. Abbiamo cambiato il nostro stile di vita, e la tecnologia ha portato molti vantaggi che adesso rendono la nostra esistenza più confortevole; ma da sempre, l'uomo cerca la felicità.»

«Ma com'è possibile che molta gente sia approdata prima di te alla tua Spiaggia dei sogni?»

«Credi che siamo i soli sul cammino della felicità? Ci sono persone come noi ovunque e tutte in marcia. Alcune sono più avanzate di altre, e certe sono soltanto ai primi passi, ma tutte cercano la stessa cosa: una vita veramente appagante.»

I miei occhi finalmente si abituarono alla semioscurità della stanza. Era più spaziosa di quanto mi fosse sembrato dall'esterno. In un angolo c'era un piccolo letto di legno rivolto verso l'unica finestra, che dava sull'oceano. Al centro troneggiava un vecchio tavolo di legno, circondato da due sedie. Decisamente, niente elettricità qui, pensai. Ma nonostante la povertà dell'arredamento, tutto era lindo e ordinato, e l'ambiente era tutt'altro che squallido.

«Gli hai dato una bella sistemazione, Simon.»

«Oh, è molto gentile da parte tua. Ti ringrazio, ma credimi, qui ho tutto quel che mi serve», disse con orgoglio. «E adesso, mettiamo questa bella conchiglia nel posto che le spetta.»

La prese e la sistemò sopra un vecchio scaffale. Nella penombra, non riuscivo a vedere che cos'altro ci fosse sui ripiani. Presi il candelabro e mi avvicinai.

Libri. Vecchi libri.

Lo scaffale era zeppo di vecchi libri. Cominciai a curiosare.

«Socrate, Cartesio, Gibran, Tolomeo, Leonardo da Vinci, Dante... Simon, è una collezione incredibile!»

«E Shakespeare, Aristotele, Demetrio, Darwin, Einstein, Marconi, la Bibbia, il Corano, e tanti altri.»

«Dove li hai presi, Simon?»

«Non sono miei. Erano già qui quando sono arrivato.»

«Come, erano già qui?» domandai, confuso.

«Come potevano essere in un luogo che a volte penso esista solo nella mia mente?»

«Stai cominciando di nuovo a parlare da adulto.»

«Come ti sentiresti se all'improvviso scoprissi tutto questo, Simon? Cerco di raccapezzarmi, ma in certi momenti proprio non ci riesco.»

«Il fatto che tu non riesca a venire a capo di tutte queste esperienze non significa che siano irreali.» Mi guardò dritto negli occhi. «Secondo te, che cosa hanno in comune tutti questi libri?»

«Be', sono tutti opera di gente famosa...»

«Sbagliato. Lo pensavo anch'io, appena arrivato qui. Sono duemila anni che commettiamo tutti lo stesso errore. Gli autori di gran parte di queste opere non erano affatto famosi, ai loro tempi. Alcuni venivano definiti eretici, come Galileo quando affermò che la Terra non era il centro dell'universo; altri, come Giovanni il Battista, furono decapitati per aver seguito la propria fede. Uno di essi si faceva chiamare Figlio di Dio, e venne crocefisso per questo.»

Simon mi guardò di nuovo e disse: «Tu hai raggiunto molti traguardi nella tua vita, John Williams. Come pensi di essere arrivato dove sei adesso?»

«Duro lavoro?» risposi esitante.

«Lascia perdere il tuo dannato lavoro. Quello è stato solo il mezzo, ma la risposta giusta è un'altra.»

A un tratto mi venne in mente.

«Immaginazione.»

«Esattamente», annuì Simon. «Tutti quei libri sono stati scritti da esseri umani che hanno usato la loro immaginazione, e sebbene alcuni siano stati lapidati per questo, sono diventati immortali.» Simon mi sorrise. «Ho già letto quasi tutti questi 'tesori', come li chiamo io, e tutti mi portano alla medesima conclusione.»

«Quale?»

«Finché ascolti il tuo cuore e fai di tutto per essere felice, sei tu a condurre il gioco con le regole che tu stesso ti sei dato.

«Tutti noi siamo unici, signor Williams, e tutti abbiamo il diritto di essere speciali. È solo che, fin dal principio, veniamo abituati ad ammirare ciecamente quelle persone famose, invece di cercare di capire cosa stessero realmente facendo. Siamo talmente condizionati che non ci sfiora nemmeno il pensiero che forse non erano poi persone così tanto diverse da noi.

«Ma adesso basta con la filosofia», tagliò corto. «Questo è un momento da festeggiare.»

Si girò, guardandosi attorno.

«Stai cercando questi?» domandai. Avevo in mano due bicchieri colmi di porto.

«Vedo che impari in fretta, amico.»

«Ho il migliore dei maestri.»

«Ti ringrazio, ma non dimenticare che oggi io ho ricevuto da te un grande insegnamento.»

«E sarebbe?»

«La conchiglia che ho messo su quello scaffale mi ricorderà sempre che non c'è migliore esempio da seguire di quello della natura che ci circonda, e che i momenti di autentica felicità come quello che abbiamo appena condiviso possono scaturire soltanto dal cuore.»

# 9

*Credi alla forza dei tuoi sogni*
*e loro diventeranno realtà.*

QUELLA sera tornai a casa molto tardi dall'ufficio.

Per tutto il giorno non avevo avuto un attimo di respiro. Ogni faccenda sembrava più complicata del solito. Tutti erano stanchi e nervosi, e perfino Sarah era di cattivo umore. Insomma, una giornata pesante.

Mi versai un bicchiere di brandy e mi sedetti in terrazza. Era bello sentire il profumo del mare e il fresco bacio della notte. Chiusi gli occhi e mi rilassai.

In un istante scivolai nel sonno.

Sognai di essere seduto in un luogo strano e opprimente, davanti a una fila di sedie vuote. Poi all'improvviso, una alla volta, apparvero persone che non conoscevo, tutte vestite di nero e con un'espressione severa.

Si accomodarono sulle sedie, e un uomo prese la parola: «John J. Williams, siamo qui per giudicarla in merito alla sua vita».

«È uno scherzo?» chiesi.

«John Williams, l'ascoltiamo. Che cos'ha da dire a proposito della sua vita?»

«Che c'entra adesso la mia vita?»

«Le è stata data un'esistenza per farne il miglior uso possibile ed essere felice. Che cosa ne ha fatto lei?»

«Be', ho lavorato sodo per raggiungere una buona posizione sociale ed economica che...»

«Per favore, risponda alla domanda, signor Williams.»

Cominciai a sudare. «Non capisco che cosa intende dire. È quello che sto cercando di fare...»

«Lei è felice, signor Williams?»

«Be', ovvio che sono felice. Voglio dire, non completamente, ma...»

«È felice o no, signor Williams?»

«No.»

«Dunque il signor Williams non è felice.» Un mormorio corse per la stanza.

«Ma io non so che cosa fare...»

«Non sa che cosa fare, signor Williams? Fin da bambino la vita le ha dato tutto ciò che chiunque possa desiderare. Non immagina nemmeno quante persone che non sono state altrettanto fortunate sarebbero assolutamente felici con un decimo di ciò che ha avuto lei.

«Come lei ha già scoperto, signor Williams, il futuro sembra sempre lontano, ma avanza rapidamente: occorre prendersi il tempo per vivere, per essere felici, prima che sia troppo tardi.

«Il futuro è arrivato, signor Williams. Si è reso conto dell'importanza di avere tempo per vivere?»

«Sto appena cominciando a imparare. A ricordare.»

«Siamo spiacenti, signor Williams, va emesso un verdetto. Ha già risposto alla domanda, e noi la dichiariamo colpevole... »

Cominciai a urlare.

«No, vi prego. Datemi un'ultima opportunità di imparare a essere felice, di rendermi conto di tutti i doni che ho ricevuto. Solo un'altra occasione...»

«Colpevole!» tuonò all'unanimità la giuria.

Mi svegliai di soprassalto, con ancora nella testa l'eco di quel verdetto terribile.

Stavo impazzendo? In tutta la mia vita non mi ero mai sentito così depresso, così solo.

«No!» gemetti.

Mi alzai di scatto dalla sedia. Ero madido di sudore e tremavo come una foglia nella fredda aria notturna. L'esperienza era sembrata così reale che mi domandai se fosse stato davvero un sogno.

Dovevo uscire di casa. Afferrai la giacca e aprii la porta. Cominciai a correre senza guardarmi indietro, senza sapere dove andare o che cosa fare. Avevo il cuore in tumulto e il sangue mi pulsava nelle tempie.

«Qualche problema con i tuoi demoni, amico?»

«Simon?»

«Ti stai avvicinando al momento di prendere una decisione.»

«Come sono arrivato qui?»

«Be', è evidente che sei arrivato a un bivio nella tua vita, e qualcosa nel tuo intimo ti sta dicendo che è ora di fare una scelta.»

«Ma che cosa vuoi che faccia, Simon? Dovrei buttare tutto all'aria, dopo aver investito tanti anni, tante energie nella mia società?»

Lui sorrise con indulgenza.

«Nessuno ti sta dicendo che devi chiudere bottega. Anzi. Ciò che hai realizzato rimarrà, e molte persone ne beneficeranno. Il punto è che tu devi recuperare il tuo sorriso, la tua felicità. Hai raggiunto un punto della tua carriera in cui ciò che fai non ti dà più soddisfazione. Stai andando avanti per inerzia. Un tempo le tue azioni avevano un significato, un obiettivo. Ma ora non più.»

«Ma allora che cosa dovrei fare secondo te, Simon?»

«Questa è una domanda alla quale devi rispondere da solo, John Williams. Io posso soltanto dirti ciò che a suo tempo ho fatto io.»

«Che cosa?»

«Ho scelto la semplicità. Ho deciso di tenere solamente le cose che mi danno realmente gioia e liberarmi di tutte quelle di cui mi ero circondato e che mi facevano sentire in trappola. Se si ha la capacità di acquisirle, si ha anche la capacità di disfarsene. Soltanto dopo aver sgombrato il campo sono riuscito a vedere quel che c'era dietro, il sentiero per la vera felicità.»

«Che cosa mi consigli, Simon?»

«Nessuno, incluso me, è in grado di dirti che cosa sia meglio per te, come riguadagnare la tua felicità. L'unica cosa che posso fare è suggerirti il modo migliore per prendere la giusta decisione.»

«E quale sarebbe?»

«In fondo al tuo cuore conosci già la risposta, amico.» Mi guardò e proseguì. «In che modo prendevi le decisioni quando eri bambino?»

«Non saprei... non riesco a ricordare.»

«È tempo di ricordare, mio caro signor Williams.»

Simon mi lasciò riflettere. Scrutai l'oceano, come cercando una risposta nella sua immensità, e a un tratto una luce si accese nella mia mente.

«Ma certo! Ora ricordo.»

«Bene!» esclamò Simon, con una nota di trionfo nella voce.

«Quando si è giovani le decisioni si prendono con il cuore. Le cose si fanno e basta, senza stare troppo a pensarci.»

«Esatto. È quello che chiamiamo istinto, e purtroppo perdiamo questa nostra preziosa dote innata quando cominciamo a condizionare noi stessi e il nostro pensiero. Non c'è niente di sbagliato nell'avere regole da seguire. Il problema è che quando le regole diventano troppe ci dimentichiamo di usare il nostro giudizio personale. Non ascoltiamo più quel che il nostro cuore sta cercando di dirci.

«È triste. Qualcuno molto tempo fa disse che la ragione per cui gli esseri umani sono superiori a tutte le altre creature è che sono in grado di prendere decisioni per mezzo del ragionamento, mentre gli animali si basano esclusivamente sull'istinto. Io credo invece che per essere veramente superiori dovremmo trovare il giusto equilibrio fra istinto e ragione.»

«Sto cominciando a vederci chiaro, Simon. Per tutto questo tempo ho creduto di decidere per conto mio, ma non era vero.»

«Succede a tutti noi. A un certo punto della nostra vita perdiamo di vista chi siamo realmente e cominciamo a seguire gli altri. Ma presto o tardi scopriamo che non è più possibile andare avanti così. Per sentirci in armonia con il resto del mondo, dobbiamo prima essere in armonia con noi stessi.»

«È successo anche a te, Simon?»

«Più di una volta, amico, credimi. Dobbiamo tutti sperimentare gli stessi alti e bassi per scoprire chi siamo realmente.»

Tacque un momento, pensieroso.

«I demoni in cui ti sei imbattuto si sono creati dentro di te molto tempo fa, senza che nemmeno te ne accorgessi. Adesso si sono materializzati perché li stai combattendo. Se impari a fidarti del tuo istinto per prendere le decisioni che ti si presentano, vedrai che cominceranno a svanire. E con il passare del tempo, se sarai perseverante, potrai guardarti indietro e accorgerti di aver vissuto tutti quei sogni che avevi accantonato.»

Simon smise di parlare e si rilassò.

«Stai per raccontarmi una delle tue storie, vero, Simon?»

«Vedo che stai cominciando a conoscermi davvero bene, amico.» Sorrise assaporando il porto.

«La costa meridionale dell'Australia è uno dei litorali più pittoreschi del mondo, con le sue scogliere frastagliate a strapiombo sull'oceano, messe a dura prova dalle ondate gigantesche sollevate dai Roaring Forties.»

«Che cosa sono i 'Roaring Forties'?»

«I 'Quaranta urlanti' sono i venti provenienti dall'Antartide, capaci di soffiare a velocità impressionanti. Sono temuti dai marinai che attraversano quelle acque, e a ragione: la furia dell'oceano ha provocato molti naufragi in quella zona.

«Comunque, la costa è disseminata di bellissime fattorie e sconfinati boschi di eucalipti, il bush, come lo chiamano in Australia. Quella è una terra dove si può sentire crescere i propri sensi.»

Fece una breve pausa, guardando il cielo.

«Stavo camminando lungo quella costa, quando vidi un cartello appeso al cancello di una vecchia fattoria. Non lo dimenticherò mai. Vi erano scritte le parole più significative nella loro semplicità che avessi mai letto.»

Lo vidi fissare l'orizzonte con occhi assenti, e capii che era da qualche altra parte.

«Quali erano, Simon?» gli domandai, richiamandolo al presente.

«Non potrò mai scordarle: credi alla forza dei tuoi sogni e loro diventeranno realtà.»

Credi alla forza dei tuoi sogni e loro diventeranno realtà. Ma certo, ecco il segreto di una vita felice!

«Quella vecchia fattoria sentiva il respiro

dell'oceano, abbarbicata com'era su di un dirupo sotto il quale si infrangevano le onde spumeggianti.

«In ogni parte del mondo si trovano persone che costruiscono il proprio paradiso, o il proprio inferno. Alla fine, quel che conta di più è l'attaccamento alla vita.»

Smise di parlare. Era da diverso tempo che aspettavo l'occasione per fargli una domanda, e quello mi sembrò il momento adatto.

«Simon?»

«Sì, amico?»

«Esiste davvero il paradiso?»

Lui sorrise allo stesso modo di quel giorno al parco, la prima volta che lo avevo incontrato.

«Oh, certo che esiste. È quel luogo nel cuore di ognuno di noi in cui decidiamo di fare posto alla felicità, dove lasciamo che i sogni si avverino.»

«Stai parlando della Spiaggia dei sogni, vero?» gli chiesi.

Simon fissò il mare, come ricordando il passato.

«Confucio una volta disse: 'La mia casa è molto piccola, ma le sue finestre si aprono su un mondo grande e meraviglioso'.»

Lo guardai con un largo sorriso e aggiunsi: «Proprio come la tua Spiaggia dei sogni».

Simon ricambiò il mio sorriso e disse: «Può darsi, amico. Può darsi».

# 10

*Chi salva una vita salva il mondo intero.*

RAGGIUNGERE la Spiaggia dei sogni mi stava diventando sempre più facile.

Avevo finalmente capito che non era il modo di arrivarvi, ma il motivo per cui volevo andare là che mi avrebbe dischiuso le porte di quel mondo magico.

«Molta gente non arriva da nessuna parte perché si preoccupa del mezzo da usare, invece di concentrarsi sulla gioia che proverà una volta giunta alla meta», aveva detto una volta Simon.

Aprii il cassetto superiore del mio comodino e ne tirai fuori la mia Minolta 103. Controllai di avere scatti ancora a disposizione. Infilai la macchina fotografica nella tasca della giacca e scesi in spiaggia.

Una forte mareggiata sferzava il litorale e l'acqua intorno agli scogli ribolliva di schiuma bianca. Mi sentivo leggero, appagato nel cuore.

Sto ricordando, Simon, pensai. Essere in spiaggia mi riportava a tanto tempo prima, quando sapevo gustare ogni momento della mia vita, quando ogni giorno si accompagnava a nuove sfide, nuove speranze. Mi tornò anche in mente mia madre, e l'incanto di quando insieme guardavamo le onde infrangersi sulla scogliera mentre il sole tramontava all'orizzonte.

Fra tutti i miei vecchi amici e i miei famigliari, mia madre era la sola persona per la quale nutrivo un amore grande quanto quello per il mare. Mi aveva sempre sostenuto, senza mai mettere in discussione le mie scelte grandi e piccole. E adesso ricordavo come la sua saggezza fosse immensamente cresciuta nell'autunno della sua vita.

«Mio amato John», mi aveva detto una volta, «va' avanti per la strada che hai scelto, e gusta le piccole gioie della vita che ti riesce così facile apprezzare e capire. Sii sempre felice, e condividi quella felicità con altri semplicemente essendo te stesso.»

Come aveva ragione, pensai. Avevo finalmente ricordato, e oltre a trovare Simon avevo recuperato il mio sorriso. La mia personale Spiaggia dei sogni.

Continuai a camminare, e a un tratto, senza nemmeno rendermene conto, ero arrivato.

«Buongiorno, John Williams.»

«Buongiorno, Simon. Volevo dirti che ho finalmente...»

«Lo so, amico, e posso assicurarti che tua madre ne è molto felice.»

«Non finisci mai di sorprendermi, Simon.»

«Fa parte dell'essere una persona felice. A volte bisogna pensare come un bambino, e a volte bisogna anche comportarsi come tale!» Mi guardò con i suoi profondi occhi verdi.

«Che cosa ti porta qui oggi? » mi chiese.

«Ho finalmente preso una decisione sul mio futuro, Simon. Credo di aver capito che cosa devo fare.»

«Ti prego, dimmi che cos'hai in mente.»

«Avevi ragione quando mi dicevi che sarebbe stato un peccato buttare al vento tutti gli sforzi fatti per fondare e consolidare la mia società, e tutti i risultati raggiunti.»

«Naturalmente...» disse Simon. «Continua.»

«Oggi ho comunicato ai membri del consiglio di amministrazione che intendo ritirarmi in semipensionamento, e rassegnerò le mie dimissioni da presidente della società con effetto immediato. Ross Macalister, un giovane manager che lavora con noi fin dagli inizi, mi succederà nella carica.»

«Ne sei sicuro?»

«Aspetta, lasciami finire. Inoltre, il consiglio ha accolto la proposta di istituire un fondo fiduciario a favore di un ente denominato 'La spiaggia di Simon', il quale si occuperà di... felicità, aiutando i giovani, con precedenza per gli affetti da malattie terminali o con difficili situazioni famigliari alle spalle. Costruiremo un complesso residenziale dove questi ragazzi potranno trascorrere il tempo necessario a trovare se stessi, circondati solo dalla natura e dalle cose veramente buone della vita. Il fondo sarà mantenuto con il cinquanta per cento dei profitti della società, mentre il restante cinquanta per cento andrà ai dipendenti, tra i quali verranno ripartite le quote azionarie della società.»

Finito di esporre il mio progetto, guardai Simon.

«Voglio aiutarli a essere felici», conclusi. «Proprio come tu hai aiutato me.»

«E che ne sarà di te?»

«Ho finalmente realizzato che ho più denaro di quanto me ne occorra, Simon, e che la vera felicità ha una sola casa: il mio cuore.»

Simon abbassò lo sguardo e parlò con voce rotta dall'emozione: «Grazie, John Williams. Grazie dal profondo del mio cuore».

Poi rialzò gli occhi. «Il cerchio si è finalmente chiuso, ed è tempo di condividere con te un'ultima lezione.»

Si avviò verso la sua baracca.

«Come sarebbe a dire, un'ultima lezione? Dove stai andando, Simon?»

«Aspetta qui, amico. Torno subito.»

Ero turbato dalle sue parole, e il fatto che non mi avesse risposto mi aveva reso nervoso.

Poi a un tratto mi ricordai della macchina fotografica.

«Simon?»

«Sì, amico?»

«Mi faresti un favore? Potresti portare fuori la conchiglia che ti ho regalato?»

«Certo.»

Quando tornò fuori, aveva un libriccino in una mano, e la conchiglia che gli avevo donato nell'altra. Sembrava che fosse diventata ancora più lucente.

«Fermo così, Simon.»

Scattai la fotografia senza dargli il tempo di fare obiezioni.

«Perfetto!» esclamai.

Simon sembrava sul punto di dire qualcosa, ma poi ci ripensò, e invece mi chiese se volevo del porto.

«Naturalmente», risposi, sapendo che l'offerta di un bicchiere di porto era il preludio a un'altra interessante conversazione.

Guardai il libriccino che Simon aveva posato sulla sabbia. Aveva una bella copertina di pelle invecchiata con una sigla incisa a lettere d'oro: s.w.

Devono essere le iniziali del suo nome, immaginai. Poi lessi qualcos'altro sotto la sigla: terza e ventisettesima strada, new york 1955.

Fu una folgorazione.

«È impossibile!» gridai.

«Che cosa è impossibile?»

«Questo appartiene a te, Simon?»

«Sì, certo. Perché?»

«Ho già visto quelle iniziali. Non dirmi che tu sei...»

«E bravo il nostro John Williams. Sono io. Come vedi, niente è impossibile.»

Bevvi d'un fiato l'intero bicchiere di porto.

«Simon Weizmann, il famoso agente di cambio? Il guru del mercato azionario? Si diceva che fosse scomparso senza lasciare traccia.»

«Be', in effetti sono scomparso, amico. Un bel giorno ha deciso che ne avevo abbastanza e che dovevo ritrovare la mia felicità.»

«Ho sentito che hai lasciato tutto il tuo denaro ai poveri.»

«Questo è il modo con cui i media amano raccontare storie del genere, ma le cose non stanno esattamente così. Non ho lasciato il mio denaro ai poveri. Ho semplicemente condiviso i miei anni di duro lavoro con gente che aveva bisogno di essere aiutata.»

Bevve il suo porto prima di proseguire.

«Per qualche motivo, ogni volta che fai qualcosa per gli altri, pensando solo alla loro felicità, ti senti meglio; e questo alla fine ti riempie il cuore di gioia. È un'esperienza che ti può cambiare la vita per sempre.»

Fece una breve pausa.

«Vedi, gli articoli secondo i quali avrei dato via tutto ciò che avevo ai bisognosi non sono completamente esatti. Non raccontano tutta la storia. Sì, ho fatto del bene donando i miei investimenti. Ma non so perché, il mondo sembra dare maggiore credito alle cose materiali, e tutto deve sempre essere calcolato. La gente ama i numeri. Hai idea di quante volte abbiano cercato di scoprire a quanto di preciso ammontassero le mie donazioni? Cercavano soltanto una notizia, qualcosa da mettere in prima pagina sui loro giornali per vendere più copie. Credi che mi abbiano mai chiesto perché lo stavo facendo, o che cosa avrei fatto dopo? Non una volta, caro mio. Nemmeno una volta.»

Vidi che Simon era molto triste, e non sapevo come alleviare il suo dispiacere.

Poi mi venne in mente qualcosa.

«Be', Simon, probabilmente non sanno quello che fanno. Forse un giorno vedranno ciò che tu ora riesci a vedere, e allora capiranno.»

«Lo pensi davvero, John Williams?»

«Ne sono convinto, Simon.»

«Be', questa è una buona prospettiva», commentò lui, sorridendo.

Vuotammo i nostri bicchieri e restammo seduti in silenzio, lo sguardo fisso all'orizzonte, seguendo le giocose evoluzioni dei gabbiani.

«Si sta bene qui, Simon. Sento che questa

spiaggia racchiude molte delle risposte che ancora cerco.»

«Vedo che continui a imparare. Ottimo.» Simon mi guardò in modo strano. «Probabilmente è questo il posto giusto per te dove dare inizio a una nuova fase di apprendimento...»

Mi sentii a disagio. «Può darsi, Simon. Continuerò a venire, e tu potrai aiutarmi a...»

«Sappiamo entrambi che questa tappa del viaggio si è conclusa, amico. Adesso si tratta solo di trovare ogni giorno un po' di più di te stesso, il vero John Williams. È lui il tuo migliore insegnante.»

«Certo, Simon. Potremo imparare molto insieme, non pensi?»

«Senz'altro. Impareremo molte cose insieme. Un giorno o l'altro, da qualche parte.» Stava per continuare, ma s'interruppe. «È ora che io mi riposi. Tu puoi restare tutto il tempo che vuoi.»

«Grazie, Simon.»

«No, grazie a te, amico. Grazie di aver colmato il tuo bicchiere mezzo pieno.» Posò su di me quel suo sguardo pieno di amore:

«Non dimenticare mai che chi salva una vita, salva il mondo intero».

# 11

*Se vuoi essere felice*
*ascolta il tuo cuore,*
*perché esso racchiude*
*tutte le risposte che cerchi.*

QUEL mattino arrivai in ufficio alle otto e mezzo.

Ero andato a dormire tardissimo, dopo aver trascorso buona parte della notte alla Spiaggia dei sogni, e mi ero svegliato di ottimo umore. Finalmente avevo imparato a fare spazio nella mia vita alle cose che volevo fare, e avevo anche trovato il modo di rendere felici altre persone per mezzo dell'energia impiegata da me e i miei dipendenti per far prosperare la Williams Amalgamated. In un certo senso, pensavo, loro meritavano più di me di goderne i frutti.

«Buongiorno, signor Williams.»

«Splendida giornata, Sarah. È in forma?»

«Decisamente non quanto lei, signor Williams. A proposito, non dimentichi che ha una riunione del consiglio di amministrazione alle nove.»

«Grazie, Sarah, non lo dimenticherò.»

«Signor Williams?»

«Sì, Sarah?»

Lei mi rivolse un sorriso velato di tristezza.

«Sentiremo la sua mancanza.»

«Andiamo, Sarah, non è la fine del mondo. Farò un salto in ufficio di tanto in tanto, per controllare che vada tutto bene.»

«Sia onesto con se stesso, signor Williams. Non riuscirebbe mai a stare lontano dall'ufficio e a dimenticare tutti gli sforzi degli ultimi quindici anni.»

Ha ragione, pensai. Adesso che avevo compreso la vera finalità di tutto il tempo e l'impegno che avevo dedicato al lavoro, provavo un affetto speciale per il luogo che avevo sempre chiamato «l'ufficio».

«Tutti sanno già quello che sta facendo, signor Williams», disse Sarah. «Sono molto fiera di lei.» Si sporse verso di me e mi regalò un bacio sonoro sulla guancia.

«Sarah, la prego! Chissà cosa penseranno!»

«Non m'importa quel che possono pensare, signor Williams. Quello era il bacio di una madre orgogliosa. So che la sua lo sarebbe immensamente.»

«Grazie, Sarah», mormorai con un nodo alla gola.

«Oh, quasi dimenticavo, signor Williams: questo pacchetto è arrivato stamattina.»

«Che cos'è?»

«Non lo so. È stato spedito per espresso, e non c'è il mittente.»

Misi il pacchetto sulla mia scrivania e lo aprii con cura.

Dentro c'erano una breve lettera e un libriccino con la fodera di pelle. Lo riconobbi immediatamente.

«Simon!» esclamai.

«Va tutto bene, signor Williams?»

«Sarah, non mi passi nessuna telefonata finché non glielo dirò io, per favore.»

«E la riunione?»

«Dica che aspettino.»

Presi la lettera che accompagnava il libriccino e cominciai a leggere:

*Caro John Williams,*

*prima che tu faccia qualche sciocchezza, prima che salti a qualunque conclusione, ti prego di leggere questa mia lettera.*

*È stato un vero piacere conoscerti e percorrere questo tratto di strada con te, amico. In questi ultimi mesi ho avuto l'onore di insegnarti un paio di trucchi sulla felicità, e sono molto fiero di me per i risultati raggiunti, ma soprattutto sono felice per te, perché so che ti attende una nuova vita piena di tutte le cose che hai sempre voluto fare e sperimentare. Ti trovi in una posizione invidiabile. Ti sarà possibile trovare la tua felicità, e allo stesso tempo rendere felice tanta gente meno fortunata di te. Se c'è qualcosa di cui sono sicuro, è che farai un ottimo lavoro. Il mio ultimo desiderio prima di lasciarti, amico, è donarti questo mio libriccino, affinché tu possa spartire con altri ciò che ti ho trasmesso, e che ho a mia volta appreso da qualcuno. Non c'è niente di magico: quel che vi troverai scritto ti mostrerà la strada più semplice per raggiungere la tua e l'altrui felicità. È ciò che io chiamo il mio Vademecum della felicità, il mio ponte per una vita migliore.*

*Sebbene non si scelga tutti le stesse cose, può essere valido per chiunque. Tuttavia, è importante che tu stili un tuo programma personale, da solo, lontano dal caos cittadino, in pace con il tuo cuore e con ciò che ti circonda. Io ho scelto una spiaggia per farlo, ma qualunque altro posto andrà bene, purché tu ti senta totalmente libero di ascoltare il tuo cuore, perché è qui che troverai tutte le risposte che ti servono.*

*Voglio farti questo dono per ringraziarti di tutta la felicità che ha portato nella mia vita, e perché so che ne farai buon uso.*

*E ora viene la parte triste.*

*A questo punto probabilmente avrai capito che questa è una lettera di addio, almeno per il momento. Non posso assicurarti che ci rivedremo, ma so che ovunque tu sia, sei un uomo felice ora. La tua felicità sarà la mia.*

*Ho appreso molto nel corso degli anni, ma c'è sempre qualcosa di nuovo da imparare. Non pensare che io abbia tutte le risposte, perché non è così. La gioia sta nel viaggio, nel raggiungere qualcosa. È questo che sento di aver fatto nel tempo condiviso con te, e ti ringrazio per avermelo consentito.*

*Tuo amico per sempre,*
*Simon*

Aprii il libriccino, appena due pagine ingiallite dal tempo.

Sulla prima c'era un vecchia annotazione datata 24 dicembre 1955. Il giorno prima della scomparsa di Simon Weizmann, ricordai.

Cominciai a leggere:

*Ieri sono andato per l'ultima volta alla Spiaggia dei sogni a fare visita a Matthew, l'uomo che vive nella vecchia baracca e che mi ha insegnato così tanto. Ho trovato un suo biglietto in cui diceva che il suo lavoro con me era terminato, ed era tempo che entrambi proseguissimo per strade diverse il nostro cammino individuale. Mi sono sentito molto triste, ma mi rendo conto che è vero.*

*Ormai mi sento pronto.*

*Oggi ho fatto il primo passo sul sentiero della mia nuova vita. Ho ritrovato la felicità, e la custodirò per sempre nel mio cuore. Ho capito che per essere felice e in pace con il mondo de-*

*vo prima essere in pace con me stesso. E per questo dovrò rivedere le mie priorità.*

*Non permetterò più che l'avidità e la sete di successo mi rendano schiavo, perché questi sono i due mali che ci inducono a dimenticare i veri tesori della vita: le piccole mosse che dovremmo fare giorno dopo giorno per costruire una vita piena di felicità.*

*Seguirò questi principi e mi prefiggerò degli obiettivi. Stenderò una lista delle scelte che voglio realmente fare, e le farò. Tutti i punti dell'elenco saranno alla mia portata, poiché ho imparato che siamo noi stessi a darci le nostre regole, e nessun altro.*

*Questo è l'inizio della mia nuova vita, il principio di una nuova avventura: la conquista della felicità. Il privilegio di avere la mia Spiaggia dei sogni.*

Voltai pagina, e trovai l'elenco:

### *SOGNO N. 1*

Intendo essere felice a partire da questo istante.

### *SOGNO N. 2*

Dilaterò i miei orizzonti di conoscenza viaggiando nel mondo per vedere la verità con i miei occhi, e per fare mio il segreto della felicità.

### *SOGNO N. 3*

Farò dono di quanto possiedo a chiunque ne abbia bisogno più di me. Terrò soltanto il necessario per vivere: tutto il resto è d'intralcio a una vita felice.

### *SOGNO N. 4*

Mi impegnerò a trovare la Spiaggia dei sogni, e ne farò la mia dimora. Al momento opportuno la cederò a qualcun altro, tenendomi pronto a migrare verso altri lidi.

### *SOGNO N. 5*

Trasmetterò la conoscenza acquisita a qualcuno che ha bisogno del mio aiuto, come Matthew ha fatto con me. Questo chiuderà il cerchio, e sarò felice per avere reso felice qualcun altro.

### *SOGNO N. 6*

Saprò che cosa fare una volta che avrò realizzato tutti questi miei sogni.

Simon ha realizzato i suoi sogni, pensai.

Corsi alla porta.

«Sarah, disdica la riunione, per cortesia. Devo andare.»

«Va tutto bene, signor Williams?»

«Non ho tempo, Sarah. Faccia come le ho

detto, per favore. Cercherò di tornare in ufficio questo pomeriggio.»

Mi precipitai a prendere la mia auto e guidai fino alla Baia.

Non farmi questo, Simon. Non ancora...

Mi fermai sul lungomare, saltai giù dalla macchina e corsi in spiaggia.

Mi sedetti sulla sabbia e mi concentrai, cercando di entrare in contatto con lui.

Niente.

Pensai disperatamente a tutti quei momenti felici, e a come Simon mi avesse detto che la Spiaggia dei sogni sarebbe stata lì ogni volta che ne avrei avuto bisogno.

Non accadde nulla.

L'uomo che teneva pulita la spiaggia era in servizio. Provai a rivolgermi a lui.

«Mi scusi, per caso questa mattina ha visto il vecchio mendicante che frequenta questa spiaggia?»

«Mai visto un mendicante da queste parti. I barboni non sono ammessi qui.»

«Non venga a dirmi una cosa del genere. Ho parlato con lui ieri, proprio in questo punto.»

«Impossibile, signore. Lavoro qui da vent'anni e le garantisco che nessun mendicante ha mai messo piede su questa spiaggia.»

«E la scogliera?»

«Quale scogliera?»

«Quella che appare di tanto in tanto appare proprio là e circonda la Spiaggia dei sogni...»

«Si sente bene, signore? Forse è meglio che le chiami un'ambulanza.»

Feci un respiro profondo. «No, grazie. Sto bene.»

Tornai lentamente alla mia macchina.

Avevo perso Simon per sempre.

# Epilogo

*Tieni aperta la porta del cuore,*
*e anche tu troverai*
*la tua Spiaggia dei sogni.*

La seduta del consiglio di amministrazione fu rimandata al pomeriggio seguente.

Avevo bisogno di un po' di tempo per me stesso, e non mi venne in mente niente di meglio che annegare i miei pensieri nel brandy. Il dolore per la perdita di Simon era troppo acuto per poterlo sopportare. Quante conversazioni avrei voluto condividere con Simon, quante domande attendevano ancora una risposta...

C'è poco da fare, mi dissi. La vita è un libro pieno di domande, e le risposte si possono trovare soltanto attraverso l'esperienza.

Finalmente mi ripresi e andai in ufficio. Era ora che affrontassi la realtà. La mia realtà.

La riunione si svolse come previsto. Entrambe le mozioni passarono all'unanimità, e Ross Macalister venne nominato presidente.

Al termine della riunione, Macalister venne

a esprimermi la sua gratitudine per averlo presentato come auspicabile successore alla presidenza.

«Grazie di avermi dato questa opportunità, signor Williams. Non la deluderò. Le prometto che lavorerò sodo come ha sempre fatto lei.»

«Se non vuole deludermi, signor Macalister, non faccia quello che ho fatto io.»

«Temo di non capire...»

«Non si lasci massacrare dal lavoro come ho fatto io. Trovi il tempo per essere felice e godersi la vita, e pensi sempre alla felicità di chi lavora con lei.»

Lui mi fissò e mi rivolse un sorriso di gratitudine. «Lo farò senz'altro, signore.»

«Molto bene.»

Dopo la riunione ci fu una festa di commiato organizzata dal personale. Tutti si stavano divertendo.

Vidi Sarah. Lei incontrò il mio sguardo e sorrise.

«È bello vedere tante persone felici, signor Williams, e tutto per merito suo.»

«Il merito è di tutti», la corressi.

«Che cosa farà adesso, signor Williams?»

«Non lo so ancora, Sarah. Probabilmente viaggerò per tutti quei Paesi del mondo che ho sempre desiderato visitare, tanto per vedere che cosa c'è dietro l'angolo.»

«Mi sembra un'idea fantastica, signor Williams. Vada avanti per la strada che ha scelto, e gusti le piccole gioie della vita che le riesce così facile apprezzare e capire.»

Per un attimo ebbi il dubbio di non avere inteso bene.

«Dove ha sentito... queste parole, Sarah?»

«Da nessuna parte, signor Williams. Mi sono venute dal cuore.»

Sentii un nodo alla gola. «Possiamo comunicare solo in certi modi e in certe occasioni con coloro che hanno già lasciato questo mondo», aveva detto Simon.

Come aveva ragione!

«Grazie, Sarah.» Mi avvicinai e la baciai su entrambe le guance.

«Signor Williams!» esclamò.

«Un doppio bacio, Sarah. Uno per lei e uno per mia madre, ovunque si trovi.»

Rimasi fino alla fine della festa volendo essere certo di avere ringraziato tutti per l'impegno con cui avevano lavorato al mio fianco per tanti anni. Erano più orgogliosi che mai della Williams Amalgamated, ora che ciascuno di loro ne possedeva una parte sotto forma di azioni. Niente di più bello di una stanza piena di gente felice, pensai.

Infine, andai a dire addio al mio ufficio. L'indomani lo avrei sgomberato, portando via con me quindici anni di ricordi.

Nel silenzio ovattato del mio ufficio, fissai intensamente l'uomo della foto incorniciata sulla mia scrivania. Aveva in mano una bellissima conchiglia dai riflessi d'oro, che gli avevo regalato in segno della mia infinita gratitudine.

Non accadde nulla.

Chiusi gli occhi per concentrarmi meglio, tentando di entrare in contatto con lui, ricordando la magia che un tempo aveva disincagliato il mio cuore dalle secche dell'esistenza.

Ancora nulla. Sembrava che l'incanto si fosse spezzato.

Una lacrima scivolò lentamente lungo la mia guancia.

Bevvi un goccio di porto, lo stesso vino di un rosso vellutato che aveva sempre ravvivato le nostre conversazioni di fine giornata sulla sua Spiaggia dei sogni. Così Simon chiamava quel magico angolo di mondo, dove si infrangeva l'onda perfetta.

Finii il mio vino, infilai la giacca e mi avviai alla porta.

Stavo per spegnere la luce quando all'improvviso qualcosa attirò la mia attenzione.

La fotografia di Simon.

C'era qualcosa di strano. Mi avvicinai per guardare meglio.

«Oh, mio Dio», mormorai. Dovetti appoggiarmi alla scrivania.

Simon mi guardava ancora dalla fotografia, con la sua indimenticabile espressione di sempre, ma la conchiglia... non era più nella sua mano, scomparsa!

Nella mia mente ritrovai ciò che Simon mi aveva insegnato: Tieni aperta la porta del cuore, e anche tu troverai la tua Spiaggia dei sogni e riconoscerai l'onda perfetta.

Vecchio, saggio amico mio, pensai.

Sorrisi e spensi la luce.

Adesso sapevo dove cercare quella meravigliosa conchiglia.

Finito di stampare nel marzo 2002
presso la Mondadori Printing S.p.A.
Stabilimento N.S.M. di Cles (TN)
Printed in Italy

TERAMO 6-4-02

COME QUANDO LE NUVOLE SI
SQUARCIANO E LA PIOGGIA
A GOCCE VIENE GIÙ.
DA UN MONDO LONTANISSIMO
SULLA MIA TERRA SEI ARRIVATA TU.
ERA COME SE UN ANGELO FOSSE
VENUTO PER PORTARMI VIA DI QUA
DOVE LA VITA È SPLENDIDA A
MILLE MIGLIA DALLA MIA REALTÀ.
SOGNAMI,
LO SO CHE QUALCHE VOLTA
ANCORA LO FARAI.
IL NOSTRO VIAGGIO MAGICO
TOCCO LA FORZA BRUTA DELLA VERITÀ
MI HAI DETTO CHE NON POSSO PIU
PERÒ NEGLI OCCHI HAI ANCORA
UNA LUCE CHE BRILLA E LA
TUA VOCE MI COMUNICA AFFETTO.
SOGNAMI,
DENTRO ME COME UN FUOCO
BRUCERAI.